中華譯學館　莫言题

中华译学馆立情字与

以中华为根　译与学并重
弘扬优秀文化　促进中外交流
拓展精神疆域　驱动思想创新

丁酉年冬月许钧撰　罗卫东书

★ 丝 路 夜 谭 ★

金色少女

亚美尼亚民间故事

郭国良◎主编

倪雪琪◎选译

ZHEJIANG UNIVERSITY PRESS

浙江大学出版社

总　序

　　对外交流是当今各国各民族谋求合作共赢的必要途径，是维护世界和平与发展的重要保障，也是持续推动人类文明进步的不竭动力。2000多年前丝绸之路的开辟，直接推动了中外文明的交流，为人类文明互鉴做出了不可磨灭的贡献。丝绸之路连接各方的交通要道，跨越各地的江河湖海，沿途不同的民族、种族、宗教、文化得以交汇、融合，从而架起了人类合作交流的桥梁。

　　"青山一道同云雨，明月何曾是两乡。"长期以来，在丝路精神的影响下，各国人民在频繁往来中结下了深厚的情谊，文化交流成为推进友好往来的坚实基础。民间传统文化以传播和交流形式丰富多样、内容生动活泼、贴近现实生活等特点受到各国人民的欢迎和喜爱。其中，神话、传说、童话因流传范围甚广、内容通俗易懂、蕴含朴素情感、颇能打动人心而成为中外文化交流的重要内容，为文化融合和文明互鉴开拓了独特的路径。正如季羡林先生所说，"在国与国之间，洲与洲之间，最早流传的而且始终流传的几乎都是来源于民间的寓言、童话和小故事"①。重视并发挥民间故事在中外交流中的积极作用，将有效增进各国人民之间的联系和互动，为构建人类命运共同体添砖加瓦。神话、传说、童话是民间传统文化的重要组成部分，它们不仅承载了劳动人民的知识、经验、情感、智慧，更凝结了各民族文化的优秀基因，积淀了各民族共同的价值追求，为各民族文化的发展壮大提供了丰厚滋养，也为后人留下了一笔笔宝贵的精神财富。与此同时，神话、传说、童话能够从侧面反映各国在政治、经济、历史、地理、宗教信仰等方面的变迁，为学术研究提供重要的背景资料和素材。本译丛比较集中地展示了一些国家的民间故事，为增强我国读者对这些国家的了解打开了一扇窗户，也为我们借鉴、学习别国优秀传统文化提供了一个渠道。

通过阅读其他国家的神话、传说、童话，我们能够发现这些国家与中国在文化上既存在悠久的历史渊源，也存在明显的差异。它们最初以口口相传的形式在不同群体、民族、国家之间进行传播。在此过程中，能够反映人们共同情感和价值观念的核心要素得以保存下来，但是受到本民族特有文化的影响，这些民间传统文化也

---

① 季羡林. 比较文学与民间文学. 北京:北京大学出版社,1991:1.

不可避免地出现变形和置换，形成各种各样的异文。我们应该本着"求同存异"的原则，发掘中外文化中的殊途同归之处，尊重不同民族的特点，积极助推中外文化交流与互学互鉴。

中华译学馆组织编选、翻译的"丝路夜谭"译丛，收录的神话、传说、童话既注重意义内涵，也彰显艺术价值。在主题上，有的劝善戒恶，有的蕴含哲理；在内容上，有的叙述勇敢正义的冒险，有的描写纯洁美好的爱情；在风格上，有的清新质朴，有的风趣幽默；在表现形式上，有的平铺直叙，有的借物喻人；在故事情节上，有的简单精练、寓意明显，有的跌宕起伏、扣人心弦。正如荷马史诗等古希腊文学作品开创了西方文学的源流，女娲造人、精卫填海等上古神话开辟了中国文学的疆域，神话、传说、童话在很大程度上启发了世界各国的文学传统。在世界文学这个千姿百态、争奇斗艳的大花园中，神话、传说、童话恰似一朵朵奇葩，它们不应孤芳自赏，而应散发出更加迷人的光彩、吸引更多关注的目光。希望本译丛能够让更多的读者发现它们、了解它们、喜爱它们，在细细品味中领略它们的独特价值和魅力。

需要说明的是，由于神话、传说、童话中也包含了古代人对天地宇宙、自然万物、部族战争、劳动生活等方面的夸张想象或稚拙解说，我们在移译中尽可能保留其内容的原始性，以反映作品的真实性，相信睿智的读者定能甄别鉴辨。

郭国良

2020年5月于杭州

前　言

　　如果是和几年前一样，给亚美尼亚读者讲述故事，我会免去对亚美尼亚的介绍和评论。但由于部分读者不太了解我的祖国亚美尼亚及其传统，他们自然希望知道讲故事的人是谁，故事素材源于哪里，以及这些故事最初是由谁以怎样的方式讲述的。

　　大约二十年前，我还是一个男孩，住在奇里乞亚托鲁斯山上的村庄里，距离地中海不远。像全世界的其他小孩一样，我非常喜欢故事。但是我和同龄人没有故事书或其他阅读材料，无法满足我们对阅读故事的渴望。幸运的是，家中的长辈会给我们讲各种有趣的故事，以满足我们的好奇童心。我的祖母、外祖母和姑妈、姨妈都目不识丁，她们以收集丰富的民间故事为乐，讲述了我听过的最为有趣欢乐的故事。每个村里都有一两位这样的老人，逗家里的小孩子开心。在漫长的冬夜，我们这些小孩聚集在乡村壁炉附近，听老人讲述关于仙子、巨人、精灵、龙、骑士、被俘虏的少女等的神秘故事。孩子们兴致盎然地沉浸在这些生动的故事情节中，热切贪婪地咀嚼和品味每一个字。不仅儿童如此，成人也是如此，在漫长无聊的冬夜里，他们的主要消遣方式就是讲述民间故事，或倾听别人的讲述。

这些经历让我有机会和能力记住许多故事，并在合适的场合讲述这些故事。我的故事储备因此有了显著增加，在我还只是个小伙子的时候，我就成了村里有名的故事讲述者。随后，在艾因塔布上大学期间，以及在颚兹荣任教期间，我有机会到处旅行，并对亚美尼亚人的风俗进行了实地考察。在这个过程中，我发现相似的民间故事盛行各地，仅因人们的生活环境和知识储备而有细微差别。那时，我突然想到，将这些故事收集起来以供日后使用是一个好主意，因此，我记录下了那些目不识丁的乡间普通人所讲述的故事。

亚美尼亚主教塞尔文茨登根据人们的叙述，也收集了亚美尼亚的民间故事。他将这些故事发表在两本书中。第一本书是《吗哪》（意为神赐的食粮），1876年由邓迪西亚出版社（已倒闭）在君士坦丁堡印制；第二本书是《芳香美味》，1884年由巴格达利安出版社在君士坦丁堡印刷。

我对亚美尼亚民间故事的个人记录以及塞尔文茨登主教的两本书是本书素材的来源。主教和我本人各自独立地收集亚美尼亚不同地区的民间故事，某些方面的文字记载难免会有所不同。但总体而言，两者基本保持一致，因此在将故事翻译为英文时，我考虑了所有情况，主要参照我认为最忠实的原始版本。再次强调一下，本书中的故事来自亚美尼亚不识字农民的口中，除了对粗鲁和不得体的语言有所修改外，我几乎没有进行任何润色或添加。

那些不识字的百姓如何得知这些故事，以及这些故事对文物研究和民俗学的学生有何价值，我不敢妄议。然而，我希望通过对亚美尼亚民间故事的研究提出一些见解。

和其他古老民族的历史一样，亚美尼亚的历史与神话和传统紧密相连。亚美尼亚书面历史中记载的许多传说与当今的民间故事有很大的相似之处。其独特的地理环境与这些故事的形成有很大关系。人迹罕至的高山将亚美尼亚分成一些独特的区域，即便在今天，一个地区的居民对另一个地区的人仍有奇怪的看法。当然，在亚美尼亚还未融合为一个民族的远古时代，情况更是如此。那个时期很有可能就是大部分民间神话的形成时期。

巴林·古尔德认为，许多民间故事的产生是因为征服的民族和被征服的民族在一起生活。两个截然不同的民族比邻而居，彼此之间并不理解，既怀疑又害怕对方，赋予对方超人的力量和知识。亚美尼亚历史上有许多例子可以证实这一推论，因此，我们可以假设两个古老民族的融合过程，是征服者与被征服者的碰撞催生了这些故事。尽管本书中的所有故事都直接取自亚美尼亚人的口述，但值得注意的是，其中一些故事具有波斯、阿拉伯和土耳其的影响痕迹。当然，由于亚美尼亚被这些国家相继统治过，这种情况也不难预料。

但是，亚美尼亚独特传说形成的最大因素之一无疑是亚拉腊山。这座雄伟的山峰位于亚美尼亚心脏地带的宽广高原中间，两端之间有长达三四天的路程，自然会引起人们的注意。许多传说都与之相关，终年积雪、人迹罕至、高耸入云的山峰，陡峭险峻的悬崖，深邃的峡谷和地下洞穴，猛烈的风暴，以及山坡上的飞禽走兽，自然而然地催生出半真半假的故事，随着时间的流逝，逐渐变为传奇的故事。

亚美尼亚除了有盛行的民间传说，还有很多神话故事。若这本书较受欢迎，我们还会考虑推出第二部故事合集。

最后，我不得不承认，英语并非我的母语，所以我的英语不是很好。我要感谢慷慨的朋友们，他们在我把手稿交付给出版社前帮我审校并润色语言，在保留故事特征的基础上使得叙述更加流畅。在这些慷慨的朋友中，我尤其需要感谢克利夫兰公共图书馆管理员布雷特先生，美国民俗学会秘书长华莱士·纽维尔先生，《女性期刊》编辑、著名女诗人爱丽丝·斯通·布莱克韦尔小姐，以及我的出版商。

　　我自觉难以回报这些朋友的帮助和支持，只能在一些故事的结尾与他们分享天上掉落的"三个苹果"。但愿这些故事能令读者感到愉悦。

A. G. 塞克勒米安

目　录

金色少女

　　从前，有一个邪恶的寡妇，她有一个丑陋的女儿。寡妇再嫁给了第二任丈夫，他有一个美丽的女儿和一个儿子。这个继母厌恶这两个孩子，千方百计想要说服丈夫将他们带到山里抛弃，让他们沦为野兽的猎物。可怜的男人爱他的孩子，却不敢反抗妻子多次的强硬要求和威胁。一天，他将面包放在口袋中，带着两个孩子到深山里去。长途跋涉后，他们来到了荒凉的旷野。男人对孩子们说："在这里坐一会儿，休息一下。"随后，他转过头，开始哭了起来。

　　"父亲，父亲，你为什么要哭呀？"两个孩子叫道，他们也开始哭了起来。

　　男人打开袋子，给他们面包，孩子们很快就吃完了。

　　"父亲，"小男孩说，"我渴了。"

　　他们的父亲在地上立了一根手杖，罩上自己的斗篷，说：

　　"来，孩子们，坐在斗篷的阴凉处。我去附近看看有没有泉水。"

孩子们坐在斗篷下，而他们的父亲消失在树木和岩石后。

漫长的等待后，孩子们累了，开始寻找父亲，却只是徒劳。

"父亲！父亲！"他们喊道。回答他们的只有山谷传来的回音——"父亲！父亲！"

孩子们哭着回到原地："唉！唉！手杖还在，斗篷还在，父亲却不在了！"

他们哭了很久，见没有人来，只好起身。一个拿着手杖，一个拿着斗篷，开始在荒野中漫无目的地行走。经过长时间的跋涉后，他们经过马踩出的一个凹处，里面汇聚着一些雨水。

"姐姐，"小男孩说，"我渴了，我想喝水。"

"不行，"少女说，"不要喝这水。一喝这水，你就会变成一匹马。"

很快，他们经过牛踩出的一个凹处。

小男孩说："姐姐，我渴了，我想喝水。"

但姐姐不让他喝，说道："一喝这水，你就会变成一头牛。"

随后，他们经过熊踩出的一个凹处，小男孩想喝水，但姐姐担心他会变成一头熊，就阻止了他。接着，他们经过猪踩出的一个凹处，小男孩又想喝水，姐姐担心他会变为一头猪，又阻止了他。很快，他们经过狼踩出的一个凹处，但小男孩没有屈服于欲望，直到他们来到羊踩出的一个凹处。

"姐姐，"小男孩喊道，"我渴极了，再也忍不了了。不管怎样，我都要喝这水。"

"唉！"少女叹道，"我能怎么办呢？即使我牺牲自己的生命，也帮不了你。你一喝这水，就会变为一头羊。"

小男孩喝了水后，马上变成一头羊，"咩咩"地跟在姐姐身后。经过漫长而危险的征途后，他们找到了回镇的路，回到了家。看到他们回来，继母非常生气，尽管其中一位现在只是一头羊。她很凶悍，所以丈夫一直以来都想方设法地取悦她。一天，继母说：

"我要吃肉。你得把羊宰了给我吃。"

姐姐听到后，马上带着羊悄悄逃到了山里。她坐在岩石上纺毛线，而羊在一旁安静地吃草。少女纺线时，她的纺锤突然从手中掉落，落入幽深的洞穴中。少女留下羊继续吃草，自己则深入洞穴去找纺锤。进入洞穴后，她惊讶地发现一位上千岁的老妇人。老妇人看到少女后，惊叫道："少女！天上的飞鸟和地上的蛇都不敢来这里。你怎么敢来？"

少女有些害怕，一时想不到该怎么回答，但她轻柔地答道："老奶奶，您的爱带我来到了这里。"

老妇人对这个回答非常满意，她招呼少女坐到自己身旁，问了少女许多关于外面世界的问题。她越和少女交谈，就越喜爱少女。老妇人说道：

"你肯定饿了，我给你一些鱼肉①吃吧。"

她走进洞中，拿来了一盘蛇肉，少女一看到就害怕得发抖，开始哭了起来。

"怎么啦？"老妇人问道，"为什么哭呀？"

"没什么，"少女害羞地回答，"我想起了去世的母亲，她很喜欢鱼，所以我哭了。"

随后，少女告诉了老妇人自己的悲惨遭遇，以及邪恶继母的虐待。老妇人对此很感兴趣，并对她说：

"坐好，让我睡在你的膝上。那边的壁炉中有一个犁铧。当黑精灵出现时，不要叫醒我；但当红绿精灵出现时，立刻用滚烫的犁铧压住我的脚，这样我就会醒来。"

可怜的少女害怕得发抖，但她只能答应。因此，老妇人躺在少女的膝上睡了过去。很快，一个黑精灵从洞中经过，少女没有动。随后，一个红绿精灵出现了，整个洞穴都被他的光辉照亮。少女马上用滚烫的犁铧压住老妇人的脚，老妇人立刻就惊醒了，喊道：

"哦！是什么在咬我的脚？"

少女告诉她，没有什么东西在咬她的脚，她感受到

---

① 原文中为"fishes"，因此将其翻译为"鱼肉"，但老妇人所指应为蛇肉。——译者注

的是滚烫的犁铧，是时候该起来了。红绿精灵经过时，老妇人起身，少女也随之起身，红绿精灵的光辉照在少女的身上，她的头发和衣服都变成了金子，她变成了一个仙子。红绿精灵消失后，少女亲吻了老妇人的手，向她告别，带着羊回家了。看到继母不在家，少女马上脱下金衣，把它藏在秘密的角落里，随后又穿上旧衣服。很快，继母回来了，看到少女的金色头发，叫道：

"怎么回事？小精灵！你怎么把头发变成金子的？"

少女告诉了她之前发生的事。第二天，继母让自己的女儿到同样的地方去。继母的女儿故意让纺锤掉落，再进入洞穴去捡。老妇人看到她后并不喜欢她，就把她的外貌变得更加丑陋。继母的女儿回家后，继母见到亲生女儿变得如此丑陋，就更加不喜欢她丈夫的两个孩子了。

一天，国王派使者宣告全国，他的儿子将要结婚，要娶最美丽的少女为妻。他命令所有的适婚少女在宫殿庭院里集合，年轻的王子将从其中进行选择。王国内所有的少女都在约定的时间涌进庭院。继母用最好的华服美饰装扮自己的女儿，同时小心翼翼地遮盖了她丑陋的脸，带她去庭院，希望王子能选她为新娘。为了阻止继女出现在王子眼前，继母在院子里撒了一些麦粒，命令少女在她回来前捡好，否则就要打死少女。继母走后不久，少女将鸡放出来，鸡很快就捡好了麦粒。而少女则穿上金色华服，变身为美丽的精灵，她的美丽甚至可同太阳争辉。

随后，她来到王子的庭院，成为众人惊叹的对象。但她不能久留，因为继母回来后如果发现她不在就会打死她。于是她匆匆离开，藏好金色华服，换上旧衣服。匆忙间，少女将一只金鞋丢失在了喷泉中。

年轻的王子看到众多少女后无法做出决定，就牵马来到喷泉边，让马去喷泉里饮水，但马因金鞋的耀眼光芒而受惊。仆人马上下水，拿出金鞋交给了王子。王子看到金鞋后立即宣布，穿金鞋的少女将是他的新娘。他和仆人挨家挨户地搜寻，希望找到金鞋的真正主人。王子和仆人来到金色少女家附近时，继母将少女藏在厨房的炉灶中，却说自己丑陋的女儿是金鞋的主人。当然，金鞋并不合她的脚。王子和仆人正要离开时，公鸡飞到门上，叫道：

"咯咯哩咯咯！金色少女在炉灶中！"

炉灶马上被打开了。呀，少女跳了出来，金鞋正好合她的脚！少女又拿出了金色华服和另一只金鞋，穿上它们，就变成了一个精灵。王子拥抱她，宣布她为自己的新娘。他们带上羊弟弟，回到王子的宫殿，举办了七天七夜的盛大婚礼。

继母带着自己的女儿去宫殿拜访继女，继女带她们到果园散步。来到海边时，继母提议：

"女儿们，我们去海里洗澡吧。"

她们一下水，继母就把继女往水深处推，企图淹死她。然而，一条大鱼恰好在那里，吞吃了继女。继母马上让自己的女儿穿上金色华服，带她回了宫殿，小心地遮盖她丑陋的面容，让她来代替继女。

被替代的少女在鱼腹里待了几天。一天清早，她听到教堂司事在敲钟，邀请人们进教堂。少女在鱼腹中向他哭诉：

司事！司事！谁敲响了晨钟？
请让恶魔下地狱！
看在上天的分上，告诉年轻的王子，
叫他不要杀害或卖了我的羊弟弟。

司事多次听到这一哭求，便前去告知年轻的王子，王子那时已发现妻子失踪了。他马上来到海边，来到司事听到哭求的那个地方。哭声再次响起时，王子认出这是他的妻子的声音。他拔剑跳入海中，剖开鱼腹，救出妻子，并带她回了宫殿。很快，他叫继母到跟前来，说：

"善良的母亲，你更喜欢哪个礼物？灵敏的马还是尖利的剑？"

"让尖利的剑去刺杀你的敌人吧，"继母回答，因珍贵的礼物而欣喜若狂，"我喜欢灵敏的马。"

"我将成全你，"王子说，"你将得到马。"

他命令士兵将继母和她丑陋的女儿绑在野马的尾巴上。随后，马受到鞭打，拖着两个邪恶的女人往深山跑去……

邪恶的人受到惩罚后，王子又花了四十天四十夜庆祝妻子的回归。金色少女摆脱了邪恶的人，从此过上了幸福的生活。

三个苹果从天上掉落，一个给我，一个给讲故事的人，还有一个给听故事的人。

天作之合

从前,西方国王的儿子在夜里梦见命运让他和东方国王之女订婚。第二天早上,他醒来发现,呀,少女的订婚戒指在他手上!当天夜里,少女也做了同样的梦,并且她第二天也发现自己手上戴着西方王子的订婚戒指。小伙子马上动身,去寻找他的未婚妻。经过长途跋涉后,他来到东方之国的都城,以平民的身份为国王效忠。由于两国间由来已久的冲突,他不便透露自己的身份。他为国王效忠了七年,在此期间,他和年轻的公主——他的未婚妻,度过了美好的时光。七年期满,他向公主求婚,希望以此作为自己的回报。国王对小伙子十分满意,同意将女儿许配给他。但小伙子表示,他必须带公主回到他的国家,并在那里举行婚礼。国王同意了这一要求，让女儿带着珍贵的嫁妆离开了。在返回西方之国的途中，他们得穿过大海，于是他们登上了船。邪恶的船长被公主的美貌迷住了，在出发前，船长告诉小伙子由于逆风，旅途可能较长，便打发他去岸上做更多的准备。小伙子一上岸，船长就启程了。小伙子回来后，发现船已经载着未婚妻离开了。他什么也做不了，只能哀叹自己运气不好。舱内的公主发现了真相，却为时已晚。令她愤怒的是，邪恶的船长竟提议让她成为他的妻子。

"嫁给你?！你这卑鄙的畜生!!"她喊道，"我宁愿跳入深不可测的海里。"

但船长很强壮，他们又在茫茫的海上，所以没有人会帮助她。若采取武力，自己将无法抵抗，因此，公主决定使用巧计。

"那好，"她最终回答，"我会成为你的妻子，但不是在海上。我们得回你的城市，在那里合法结婚。"

船长同意了，他们很快抵达了他的城市。

"你先走吧，"公主说，"去做准备。我在这里等你回来。"

船长没有怀疑，上岸了。他一离开，公主就命令水手启程，开始漫无目的地前进。最后，她来到了一座城市。这座城市的国王是一个适婚的小伙子，正在准备婚礼。国王将从四十位少女中挑选一位为王后，其他少女则会成为她的侍女，而现在三十九位美丽的少女已经就

绪，只少了一位少女。听说一位美丽的少女来到港口，
国王赶往那里，看到公主后对她说：

"美丽的少女，来成为第四十位少女吧。你是少女中的
珍宝，必将成为我亲爱的王后，其他人则会成为你的侍女。"

"很好，我会来的，"公主回答，"将你的三十九位少
女送来这里，这样我就能以盛大的阵容来到你的宫殿。"

年轻的国王同意了，派少女们上船。她们一到，公
主就起航了。她把自己的身份告诉了三十九位少女，要
求她们陪伴她，直到命运指示大家该做什么。少女们被
她的美貌和威严所折服，承诺无论去哪里都会跟随她，
即使是到大地的尽头。经过长时间的航行后，她们来到
了一个不知名的海岸，那里有一座城堡。抛锚后，所有
人都下船了。进入城堡后，她们发现里面有四十个富丽
堂皇的房间，每个房间里都有一张床。城堡里有许多财宝
和充足的食物。她们吃饱后，就去睡觉了，每个少女一个
房间。夜里，城堡的门突然打开，进来了四十个强盗。他
们是这里的主人，夜袭后刚回来，带回了大量的财宝。

"啊哈！"看到这些少女后，强盗们叫道，"我们在别
处打猎，竟然有人来到我们的地盘。"

"进来吧，勇敢的英雄，"少女们说道，"我们在等
你们。"

少女们假装很高兴，强盗们没有丝毫怀疑就进入了
房间。在他们放下武器就寝之后，每位少女拿起房间里

的剑，砍下了强盗的头颅。就这样，少女们成了城堡和财宝的主人。清晨，这些少女起来，穿上强盗的衣服，拿好武器，变成了英俊的爵士。她们带着金银财宝上马出发了。经过长途跋涉，她们来到了西方之国的都城。她们在郊区的草地上扎营。不久，她们听到使者宣告，第二天将进行国王选举，因为之前的国王去世了，而法定继承人已失踪，所以要选举新的统治者。第二天，王国内的民众聚集在宫殿旁的公园里。四十位少女也前去观看，以满足自己的好奇心。贵族放出了皇家之鹰，鹰拍打翅膀，飞过拥挤的人群，用锐利的目光搜寻王座的真正主人。众人都屏息静待，一动不动。皇家之鹰再次拍打了一下翅膀，从高空盘旋而下，降落在装扮为爵士的公主头上。

"弄错了，"贵族们叫道，"我们再试一次。"

于是，他们再次放飞皇家之鹰，它再次降落在同一人头上。第三次尝试也是同样的结果。因此，众人都向天选之子——乔装打扮后的公主致敬，异口同声地呼喊："国王万岁！"他们用盛大的阵容迎接公主和她的同伴来到宫殿，在那里，公主被涂上圣油，加冕为国王，她的同伴则被任命为大臣。

这位新任"国王"成了有史以来最为公正睿智的统治者，王国内的民众全心全意地爱戴她。她在城里建了华丽的喷泉，其上雕刻有她的塑像，每位前来喝水的人都能看到。"国王"派人日夜守在喷泉边，并对他们说：

"仔细观察，如果有人看到我的雕像，表现出认识我的迹象，就把他带到我这里来。"

一天，有个外来者喝水后，抬头看向雕像。在凝视了很长时间后，他长叹了一口气。很快，他就被带到"国王"那里。"国王"在帘后观察，下令把他关押起来。原来，他是之前的船长。过了几天，来了另一个外来者，他也长叹了一口气。这是她们之前遇到的国王，三十九位少女原来的主人。他被安置在宫殿内的一个房间里。最后前来的是看上去像外来者的王子，在位"国王"的未婚夫，也是之前的王位继承人。他看向雕像，长叹一口气，于是也被带到了宫殿。"国王"召集了王国内所有的贵族和博学睿智之士，将三个外来者带到殿前，让他们从头至尾完整讲述了自己的经历。

船长受到众人的谴责，被下令立刻绞死。三十九位少女回到了之前的国王那里，公主又将自己最美丽的一位侍女赠送给他，恰好凑满四十这个数字。而王子和公主是天作之合，他们举办了盛大而欢乐的婚礼，婚礼持续了四十天四十夜。王子作为真正的继承人加冕为国王，公主成为王后，他们共同治理国家。

就这样，他们实现了自己的愿望。愿我们所有人都能实现自己的愿望，收获上天给我们预备的幸福。

三个苹果从天上掉落，一个给我，一个给讲故事的人，还有一个给听故事的人。

小儿子

从前，有一位国王病重，王国内所有的医生汇聚一堂，但都束手无策。这时，一位老大夫说道：

"只有一个方法可以救我们的国王。在印度，有一个花园，里面的树结有生命之果。只要国王吃下生命之果，就会痊愈，像新生儿一样健康。"

"但我听说，"国王道，"有巨人守卫着生命树，一旦果子成熟，巨人就会摘下生命之果。没有凡人能拿到果子。"

国王的三个儿子侍立在旁。大儿子说：

"父王万岁！我去为您摘生命之果。"随后，他向父亲告别。

经过长途跋涉后，他找到了结有生命之果的生命树。就在生命之果成熟的那天夜里，他感到强烈的睡意袭来，就昏睡了过去。巨人摘下果子，随后离开。第二天早上，看到生命之果已被摘走，大儿子只好回家，诉说了自己的不幸遭遇。

第二年，二儿子踏上了冒险的征途，在关键的生命之果成熟之夜，同样不幸地昏睡了过去。

第三年，小儿子对父亲说：

"父王万岁！我去摘生命之果。"

"为什么？"国王问，"你的哥哥们都失败了，你觉得自己会成功吗？"

但小伙子再三要求，最终获得了父王的允许。小伙子带上弓箭，来到生命树下。在关键的生命之果成熟之夜，他感到一阵强烈的睡意袭来。为了抵抗睡意，他割伤了自己的一个手指，并在伤口上撒盐，由于刺痛，他没有入睡。半夜，雷声和闪电大作，一个巨人突然出现，开始攀爬生命树。小伙子用弓箭瞄准巨人，射中了他的腿。巨人咆哮着跑开了。小伙子爬上树，摘下了生命之果，带给父亲。吃了生命之果后，他的父亲很快就痊愈了。

随后，小儿子对父王说：

"请允许我离开，向我的敌人报仇。"

国王同意了，两个哥哥也和他一同前往。他们发现巨人在逃走时留下了一串血迹。三兄弟循着血迹，来到了一个深渊，巨人之前就是从这里进去的。最年长的哥哥说：

"系住我的腰，放我下去。我要去和巨人搏斗。"

两个弟弟照他所说的做了，但还没放到一半，他就开始大叫：

"我要被烧死了！我要被烤焦了！拉我上去！"他们就把他拉了上去。

接着，二哥被放了下去，他也像大哥一样喊叫，也被拉了上来。

轮到最小的弟弟了。他对两个哥哥说："放我下去吧。我越是喊'我要被烧死了，我要被烤焦了'，就越是放我下去。"

他们照做了，他越是叫喊，就越是放他下去。最后，小伙子抵达了深渊底部，开始漫步。很快，他看到一个沉睡的巨人，头枕在一位美丽少女的膝上。这位少女是如此美丽，她的美貌可以和月亮争辉。

少女正在做针线活，她面前有一只金猫和一只金鼠在一片金色的洼地上玩耍。少女看到小伙子后，说：

"人类！天上的飞鸟和地上的蛇都不敢来这里。你怎么敢来？"

"你的爱带我到了这里。"小伙子回答。

"年轻人！"少女劝诫道，"如果你珍惜自己的生命，就走吧；因为沉睡的巨人如果醒来，就会把你碎尸万段。"

"叫他起来吧，"小伙子回答，"我是特意来和他搏斗的。"

"他要睡四十天，"少女说，"现在只睡了八天。你还要等三十二天，他才会醒来。如果你不愿意等这么久，可以将那边的犁铧放进火中，加热到滚烫，压在巨人的腿上，他就会醒来。"

小伙子将犁铧加热到滚烫后，压在巨人的腿上，巨人骂骂咧咧地醒来：

"哦！是什么虫子在咬我的腿？"

"啊哈！虫子？"少女说，"起来！有个人前来和你搏斗。"

巨人睁开眼，看到小伙子，叫道：

"多么美味的早餐呀！"

"起来，魔鬼！"小伙子说，"我们看命运偏爱谁吧——你还是我。"

他们准备好弓箭。

"你先射箭吧。"巨人对小伙子说。

"不，"小伙子说，"你先射箭。"

巨人射了箭，小伙子灵巧地躲开了，毫发无伤。现在轮到他了。小伙子瞄准，射中了巨人的心脏，令他瘫倒在地。随后，小伙子砍下了巨人的头颅。

小伙子把巨人的尸体留在那里，继续往前。他惊奇地发现另一个沉睡的巨人，头枕在另一位美丽少女的膝上。这位少女的美貌甚至超越了月亮。少女正在做针线活，她面前有一只金鸡和一只金鼬在金色的洼地上玩耍。少女看到小伙子后，说：

"人类！天上的飞鸟和地上的蛇都不敢来这里。你怎么敢来？"

"你的爱带我到了这里。"小伙子回答。

"如果你珍惜自己的生命，"少女劝诫道，"趁巨人熟睡时走吧；他醒来后，会把你撕成碎片。"

"叫他起来吧，"小伙子回答，"我是特意来和他搏斗的。"

"看到那边的烙铁了吗？"少女说，"把它加热到滚烫，压在巨人的脚上，他就会醒来。"

火热的烙铁压在巨人的脚上，巨人醒来后叫道：

"哦！是什么虫子在咬我？"

"虫子！"少女喊道，"起来！有个人前来和你搏斗。"

巨人看到小伙子，叫道：

"多么美味的自己送上门来的点心呀！"

"来吧！"小伙子说，"看命运偏爱你还是我。"

在打斗的过程中，这个巨人和前一个巨人一样被杀了。小伙子砍下他的头颅，把尸体留在那里，继续前进。

很快，他看到了第三个沉睡的巨人，头枕在第三位美丽少女的膝上。这个少女的美貌甚至可以和太阳争辉。少女正在做针线活，她面前有一只金色猎犬和一只金色狐狸在金色洼地上赛跑。小伙子一看到这位少女，就爱上了她。少女也爱上了小伙子，对他说：

"哦，勇敢的人类！天上的飞鸟和地上的蛇都不能来这里。你怎么敢来？"

"你的爱带我来到这里，美丽的少女。"小伙子回答。

"小心，年轻人！"少女说道，"如果这个巨人醒来，他会把你撕成碎片。"

"叫他起来吧，"小伙子回答，"我是来和他搏斗的。"

火热的烙铁压在巨人的脚上，巨人醒来后叫道：

"哦！是什么在咬我？"

"什么？"少女说道，"起来！有个人前来和你搏斗。"

巨人看到小伙子，叫道：

"哦！多么美味的早餐呀。"

小伙子注意到巨人的腿受伤了，马上认出他就是试图偷生命之果的那个巨人。

"来吧！"小伙子说，"看命运偏爱谁。"

于是，他们开始决斗了。经过了长时间的打斗后，第三个巨人也和前两个一样，被小伙子砍下了头颅。

随后，小伙子将三位少女召集在一起，少女们告诉他，她们是三位国王的女儿，是被这些巨人掳来的。巨人们用生命之果喂养她们。随后，三位少女向小伙子展示了巨人的房子、珍宝及其他的一切。小伙子为少女们挑选了三箱珍宝，他自己则只拿了一把闪电之剑。进入马厩后，他发现了三匹闪电马，第一匹黑色，第二匹红色，第三匹白色。最小的少女建议小伙子从三匹马的尾巴中拔三根毛，并细心保存。小伙子照做了。随后，他们来到了深渊的底部，也就是小伙子下来的地方，发现绳子还在。小伙子将绳子系在第一位少女身上，叫哥哥们拉她上去。

"这位是我大哥哥的未婚妻，"他说道，"箱子里的珍宝是她的嫁妆。"

随后，他将绳子系在第二位少女身上，说：

"这位是我二哥哥的未婚妻，箱子里的珍宝是她的嫁妆。"

现在轮到最小的少女了。

"你先上去吧。"她对小伙子说。

"不，"小伙子坚持，"你先上去。"

"但你的哥哥们见到我，"少女说，"就不会拉你上去，你只能待在这里。我爱你！会为你感到遗憾！"

"怎么会？"小伙子说，"他们不是我的兄弟吗？你觉得他们会陷害我？上去吧，听我的。"

"好吧，"少女说，"我听你的。但如果你真的被困在这里，像我担心的那样，就照我说的话做。下周五晚上，三只羊会来这里，一头黑色，一头红色，一头白色。你一看到它们，就撞上黑羊，它会将你扔给红羊，红羊会将你扔给白羊，白羊会将你扔到上面的世界。一旦出错，你得救的机会就渺茫了。拿着这枚魔戒，这是我对你的爱的象征。无论你想要什么，亲吻这枚戒指就能得到。若有需要，吹一下三匹马的毛，它们会即刻来解救你。再见了，我的爱人！"

"再见！"小伙子说道。少女就这样被拉了上去。

小伙子的两个哥哥对第三位少女的美貌惊叹不已。

"呀呀呀！"他们叫道，"他把最美的少女留给自己，把稍难看的两个留给我们。"

出于对弟弟的嫉妒，他们带走了三位少女，将可怜的小伙子留在深渊底部。

正如少女所说，周五晚上，三只羊出现了。小伙子是如此痛苦，以至于忘记了少女的指示。他非常想回到地面，就撞向了白羊的背部。白羊将他撞向了红羊的背部，红羊将他撞向了黑羊的背部，黑羊又将他撞进了黑暗世界，里面一片漆黑。小伙子摸索前进，找到一扇门并敲了几下。

"谁呀？"一个老妇人的声音从门后传来。

"我是个可怜的孤儿，无父无母。"小伙子悲哀地回答。

"进来吧，"老妇人说着打开门，"我没有孩子，你可以把我视为母亲，我也把你视为我的儿了。我们可以共同生活，上帝会赐予我们面包。"

于是，他们就像母子般共同生活。

"母亲，请给我一些水，我渴了。"小伙子说。

"唉！"老妇人叹气道，"你讨要的是世上最难获得的东西。儿子，我们没有水。耐心等吧。"

"为什么没有水呢？"小伙子惊讶地问道。

"唉！"老妇人道，"我们的国家只有一眼泉水，被一头恶龙看管着。每天人们都要给恶龙献祭一位少女；否则他不会让我们喝一滴水。一旦恶龙吞食完少女，他就会让泉水停止流动。今天，我们这里的最后一位少女，国王的独生女，将被献祭给恶龙。听，街上的喧哗声！他们正把少女献祭给恶龙。"

小伙子往外一看，发现一大群人正簇拥着一位花容月貌的少女往前走，他就跟在了人群后。来到泉边，人群散去，只有少女被留在那里。小伙子走上前，对少女说道：

"美丽的少女，不要害怕。让我睡在你的膝上，恶龙来的时候，叫醒我。我会拯救你。"

少女同意了，于是小伙子睡在她的膝上。不久，恶龙张着血盆大口，翘着尾巴，悄悄靠近少女。发现有两个人后，他情不自禁地发出了兴奋的嘶嘶声。可怜的少女被吓得呆若木鸡，一动都不敢动，她无法叫醒沉睡的小伙子，只能无声地哭泣。滚烫的泪水顺着脸颊流下，滴落在小伙子的脸上。小伙子马上起身，惊恐地发现恶龙已经吞吃了少女的部分身躯。稍有耽搁，少女就将性命不保。然而，若要割开恶龙之喉，必然会伤到少女之足。小伙子立即拔出闪电之剑，放在少女膝间。恶龙吞吃少女时，剑割裂了恶龙的咽喉和腹部，把他劈成了两半，少女得救了，她安然无恙。小伙子砍下恶龙的头，对少女说道："美丽的少女，起身去找你的父母吧。"

少女用手蘸了恶龙的血，在小伙子背上留下了一个红色记号。两人就这样分别了，少女去找她的父亲，小伙子去找他的母亲。

恶龙被杀后，泉水再次涌流，人们可以畅饮泉水。

"母亲，为什么这个国家这么黑呀？"小伙子问老妇人。

"我的孩子，"老妇人叹气回答，"有一只巨鹰生活在那边的山顶。每年她都会孵小鹰，但一头巨龙会吞吃掉所有小鹰。巨鹰以为人类是罪魁祸首，就遮蔽了我们的阳光。"

小伙子告别了老妇人，爬上山顶，来到巨鹰的巢穴。他躲在岩石后，静心观察。很快，一头巨龙悄悄靠近小鹰，正要吞吃他们时，小伙子拔出闪电之剑，将巨龙碎尸万段，并把龙肉喂给小鹰。小鹰吃了肉后，欢快地叫了起来。巨鹰听到小鹰的声音，马上赶了回来。她误以为小伙子就是每年吞吃小鹰的罪魁祸首，正要将他撕成碎片时，小鹰们喊道：

"不要，母亲！正是这位善良的小伙子从恶龙手中救下我们，并喂肉给我们吃。"

"啊，善良的小伙子！"巨鹰对小伙子说道，"你希望我做什么，来回报你的大恩？"

小伙子说道："我别无所求，只希望你能展翅带我去上面的世界。"

"你所祈求的是世上最难的事，"巨鹰答道，"但为了你这样勇敢的英雄，我愿意做任何事，即使牺牲生命也在所不惜。给我四十瓶酒和四十条羊尾，我会照你说的做。"

*　　　*　　　*

让我们将目光转向小伙子从恶龙手中救下的少女身上。国王见到她回来，十分愤怒。

"你太自私了！"国王骂道，"只顾保全自己的性命，不顾上万人因干渴而死。快回去，让龙吃了你，我们才能有水喝。"少女告诉了父亲一位英雄杀掉恶龙、拯救自己的经历，以及泉水可以满足百姓所需的事。这时，国王派使者宣告全国，希望拯救公主的人来到自己面前，这个年轻人不仅可以迎娶公主，还可以获得他想要的任何赏赐。数千个年轻人来到国王面前，他们都声称自己是杀掉恶龙、拯救公主的英雄。但公主说道："不，他们都不是那位英雄。"

镇上的人都来到公主面前，但还是没有找到英雄的踪迹。

"镇上没有其他人了吗？"国王问道。

"不，"官员回答，"还有一个年轻人，他是一位可怜的寡妇的客人。"

"带他来这里！"国王命令道。于是，小伙子被带到了国王面前。

"啊!"少女指着她亲手做的红色记号尖叫道,"这就是那位英雄!"

"英雄,"国王说道,"我将你拯救的这位少女赐婚给你。你还想要什么,尽管告诉我。"

"愿国王万岁!"小伙子回答道,"愿上天保佑您的女儿找到合适的丈夫,愿您永享尊荣!我只希望您能赐给我四十瓶酒和四十条羊尾,这样巨鹰才能带我去上面的世界。"

于是,国王下达了命令,这些东西很快被送来,小伙子立即带着它们去找巨鹰。

"现在,"巨鹰说道,"你坐在中间,将羊尾放在我的右翼,将酒放在我的左翼。当我发出嘘声时,取一瓶酒倒入我的口中;当我发出咕咕声时,取一条羊尾给我。"

小伙子先去和老妇人告别,老妇人为他送上了祝福。所有东西放好后,巨鹰起飞了。每当她发出嘘声时,一瓶酒就被倒入她的口中;每当她发出咕咕声时,一条羊尾就被递给她。他们不断上升,来到了光明世界。巨鹰最后一次发出咕咕声时,小伙子实在太过兴奋,慌乱中最后一条羊尾从他手中跌落。但他不想让朋友失望,于是拔剑砍下了自己的小腿肚,递给巨鹰。聪明的鹰凭借气味得知这是人肉,含在口中。最终,他们到达了目的地。

"现在，"巨鹰把小伙子放在地上，说道，"你可以走了。"

"不，"小伙子说道，"你先走吧，我的腿麻了，想休息一会儿。"

在巨鹰的再三坚持下，小伙子试着自己走，但由于受伤无法做到。随后，巨鹰从口中拿出小腿肚，放在原来的位置，她舔了一下之后伤口神奇地痊愈了。巨鹰告别了小伙子，回去照看小鹰，他们正欢叫着等候母亲。自那以后，巨鹰再也没有遮蔽过日光。

在回父亲的王城前，小伙子认为自己最好乔装打扮一下。于是，他去了屠宰场，将羊胃包裹在头上，乔装成一个秃头青年。以陌生人的身份进入城里后，小伙子很快发现，父亲的宫殿将要举办一场盛大的结婚典礼。他的两个哥哥将要迎娶他拯救的前两位少女，而他自己的未婚妻则将嫁给国王。小伙子感到心在流血。他来到市场，请求一位金匠收自己为学徒。金匠犹豫了一会儿，随后说道：

"来吧，秃头人，做我的学徒。"

就在这天，国王的官员带来一大袋金子，命令金匠：

"你必须用这些金子造出在金色洼地上玩耍的一只金猫和一只金鼠。"

"我可以造出一只金猫和一只金鼠，"金匠说道，"但我无法赋予它们生命，让它们跑动。"

"这就不关我们的事了，"官员说道，"这是国王的命令。要是做不出来，你就只能被砍头了。国王的未婚妻说了，只有造出这些她才会嫁给国王。明天之前，你必须做出来。"

官员们留下金子就离开了。金匠不知如何是好。可怜的人，他能做什么呢？若在约定时间内完不成，他就性命不保了。

"怎么了，师父？"小伙子问道，"你为什么忧伤困惑呢？"

"安静！"金匠喊道，"我没时间听你唠叨。"

"师父，振作起来，"小伙子回答，"只要你拿给我两三把坚果，我今晚就可以造出金猫和金鼠。"

"这不可能！你个秃头鬼！"金匠喊道，"还嫌我不够痛苦吗？和我开玩笑？"

"不，师父，"小伙子说道，"我不是在和你开玩笑。说真的，给我一些坚果，明天早上你就可以拿到自己想要的。"

死马当活马医，金匠照小伙子所说的拿来了坚果。那天夜里，他辗转反侧，多次来到门前偷听小伙子的动静，但只能听见坚果碎裂的声音。原来，小伙子一直在吃坚果。破晓时分，小伙子从口袋里掏出未婚妻给他的魔戒，并亲吻它，两个精灵双手交叉于胸前，现身在他眼前。

"许下汝之所愿，吾将即刻为汝效劳。"

"将我曾见到的在金色洼地上玩耍的金猫和金鼠带来。"小伙子说道。

他刚说完，哗啦！金色洼地就出现在眼前。就在这时，金匠忐忑不安地进来了。

"看，师父，"小伙子叫道，"我刚完成。"

金匠高兴得跳起舞来，马上将金色洼地献给国王。国王对此非常满意，赏赐了金匠许多珍贵的财物，并邀请他参加皇室婚宴。金匠回来后，兴奋得手舞足蹈。

"师父，"小伙子说道，"请带我一起去婚宴。"

"可是，"金匠说道，"明天会有一场骑士比武。如果你去的话，恐怕会被骑士践踏，丧失自己的性命。你最好还是待在家里。"

第二天，金匠前去参加骑士比武，小伙子将黑马的毛发扔进火中。哗啦！第一位巨人的黑马嘶鸣着出现了，背上还驮着一副黑色盔甲。小伙子马上穿上盔甲，骑上马，变身为一名黑衣骑士，冲向骑士比武的会场。他击败了所有人，包括两个哥哥，并让金匠摔下马，随后消失不见，观众们都惊异不已。回到家后，小伙子换了衣服，又成了秃头学徒。晚上金匠回来后，小伙子恳求他讲述所见所闻。于是，金匠开始描绘骑士比武的场景。

"出人意料的是，"他说道，"出现了一位黑衣骑士，

穿着盔甲，不知道是人还是神。他击败了所有的骑士，
让我摔下马后很快消失了。"

"哎呀!"小伙子仿若不解般摇头叫道。

*　　　*　　　*

让我们将目光转回少女。在见到送来的金猫和金鼠
后，她确信自己的未婚夫从地狱般的地方回到了光明
世界。

"我不会嫁给你，"少女对国王说，"除非你能带给我
在金色洼地上玩耍的金鸡和金鼬。"

国王下达命令给金匠，在得到秃头学徒的同意后，
金匠保证会完成任务。金匠拿来坚果，小伙子亲吻魔戒
后，两个精灵再次出现，立刻带来了在金色洼地玩耍的
金鸡和金鼬。金匠把东西呈给国王，国王邀请他参加第
二天的骑士比武。小伙子再次请求一同前往，却又遭到
了金匠的拒绝。金匠走后不久，小伙子将红马的毛发扔
进火中，载有红色盔甲的红马立即出现了。小伙子换装
后骑上马，冲向骑士比武的会场。他击败了所有人，并
让金匠摔下马，之后就消失不见，回去换装后又成了秃
头学徒。晚上，金匠描绘骑士比武的场景时，小伙子惊
奇又认真地倾听着他的经历。

少女现在更加确定未婚夫已经回来了，因为没有其
他人可以做到这些事。第二天，她对国王说道：

"我想要在金色洼地上赛跑的金色猎犬和金色狐狸，否则我不会嫁给你。"

金匠再次受召，在和学徒商量后保证完成任务。他和往常一样拿来坚果，小伙子吃了一整晚坚果。破晓时分，他亲吻魔戒，两个精灵又出现了，带来了在金色洼地上赛跑的金色猎犬和金色狐狸。金匠马上把它们献给国王，又受邀参加第三天的骑士比武。这回，小伙子将白马的毛发扔进火中，眼前立刻出现了载有白色盔甲的白马。小伙子穿上盔甲，变身成了白衣骑士，手握闪电之剑，冲向骑士比武的会场。击败所有人，杀掉国王和忘恩负义的哥哥后，他站在众人面前，揭晓了自己的身份、所做的英勇事迹和遭受的不公。厌恶专制国王的人们立刻欢呼起来，拥戴小伙子成为新的国王。

他娶了自己的未婚妻，并把另两位少女嫁给自己最好的两位朋友。他实现了自己的愿望。愿上天保佑你也能实现自己的愿望！

三个苹果从天上掉落，一个给我，一个给讲故事的人，还有一个给听故事的人。

神奇的夜莺

　　修建恢宏教堂的国王曾给我讲过一个有趣的故事。建筑师花了整整七年时间修建这座教堂。修建完成后，国王举行了落成典礼，并入内祈祷。哗啦！殿里突然冒起了浓雾，国王差点窒息。浓雾中，一位修道士出现在国王面前，说道："愿国王万岁！你建成了一座好教堂，但它还少一样东西。"

　　修道士很快消失不见。国王出来后，命令手下拆掉这座教堂，建造一座更好的教堂。他们又花了七年时间，建成了第二座教堂。国王再次举行落成典礼，并入内祈祷。哗啦！殿里又冒起了浓雾，修道士出现在国王面前，说道："愿国王万岁！你建成了一座壮丽的教堂，但它还少一样东西。"

　　修道士又神秘地消失了。国王再次下令，拆掉这座教堂，建造一座新教堂。他们又花了七年时间，建成了第三座教堂。这回的教堂更加恢宏壮美，在世上无与伦比。国王第三次举行落成典礼，并入内祈祷。哗啦！殿

金色少女：亚美尼亚民间故事

里又冒起了浓雾，修道士出现在国王面前，说道："愿国王万岁！你建成了一座无与伦比的教堂，但它还少一样东西。"

修道士就要消失时，国王抓住他的领子，说道："告诉我，我的教堂缺少了什么。这是你第三次让我拆掉我耗费如此多心力修建的教堂。"

"这座恢宏教堂唯一缺少的就是神奇的夜莺。"修道士说着，又消失在浓雾中。

国王回到宫殿，非常悲伤。他的三个儿子见父亲这么悲伤，就问道："愿国王万岁！是什么让你悲伤，父亲？"

"我的儿子，"国王说道，"我年纪渐长，而教堂需要神奇的夜莺。我不知道该怎么做。"

"振作起来，父亲，"他的儿子们说道，"我们会带来夜莺。"

于是，他们启程了。经过长途跋涉后，他们来到了三条岔路前，每条岔路都有一块路标。宽阔道路的路标是"走这条路的人能安然归来"。中间道路的路标是"走这条路的人可能回来，也可能回不来"。第三条窄路的路标是"走这条路的人从未回来"。大儿子走了宽阔道路，二儿子走了中间的道路，小儿子走了窄路。大儿子很快来到一座城市，他自言自语道：

"我为什么要继续走，承担被杀害的风险呢？最好还是待在这里。"于是，他成了一家客栈的帮手。

二儿子走向山的另一边，来到了绿树成荫的草地。他十分劳累，马上坐在树下的长椅上。很快，出现了一个手持铁棍的漆黑的怪兽。他用铁棍一击小伙子。哗啦！小伙子变为一颗圆石，滚落在长椅下。

小儿子踏上了无法归来的第三条路。浓雾覆盖了他。哗啦！与国王交谈过的修道士出现在了眼前，对他说道：

"上帝保佑你，孩子！你要去何处呢？"

"我要为新教堂找到神奇的夜莺。"小伙子说道。

"好，"修道士说道，"但路途艰险，我给你些忠告吧。神奇夜莺的主人是美若天仙的精灵女王。在路上你会遇到一条河，精灵女王用她的魔力将其变成了有毒的河流。她不喝其中的水。但你要喝这水，并说：'哦！这是永生水。'过河之后，你会来到一片小树林，女王将其变成了荆棘蒺藜。你要闻这些树，并说：'哦！这是天堂之树。'随后，你会来到一条狭窄的小路，小路的一边是被铁链捆绑的狼，另一边是被铁链捆绑的羊。在狼面前有一捆草，在羊面前有一块肉。你必须把草放在羊前，把肉放在狼前。随后，你会来到两扇门的门口，一扇开着，一扇关着。你必须打开关着的门，关上开着的门。进去之后，你会发现神奇夜莺的主人——精灵女王，她睡在华丽的寝宫中。她一般睡七天七夜，醒七天七夜。

若你照我所说的做，在女王沉睡时抵达，就可以拿走夜莺；否则，你就没希望了。"

小伙子启程后，经过了河流、树林、羊和狼以及大门。他照修道士所说的做，进去之后，看到了华丽寝宫中有一位少女躺在镶金嵌银、流光溢彩的紫床上，她的美可与太阳争辉。神奇的夜莺从笼中出来，站在女王床边，唱了一千首曲调优美的歌谣，令她入睡。小伙子在挂毯后观察着，等到女王沉睡、夜莺回到笼中后，悄悄潜入，带走了笼子，并在沉睡的女王的额头上留下了一个吻，就启程返回了。

女王醒来后，发现夜莺被偷走了，惊叫道：

"门，抓住这个小偷！"

"上天保佑他成功！"门说道，"他打开了关着的门，关上了开着的门。"

"狼和羊，抓住这个小偷！"精灵女王叫道。

"上天保佑他成功！"狼和羊说道，"他把肉给了狼，把草给了羊。"

"树林，抓住这个小偷！"女王叫道。

"上天保佑他成功！"树林说道，"你将我变为荆棘蒺藜，他却让我成为天堂之树。"

"河流，抓住这个小偷！"女王叫道。

"上天保佑他成功！"河流说道，"你将我变为有毒的河流，他却让我成为永生水。"

女王发现所有的法术都失效时，翻身上马，开始追赶小伙子。

*　　　*　　　*

让我们将目光转回到小伙子。他渡过了所有的难关，来到了一个广场，面前有三条岔路。那位修道士正等着他。

"这就是神奇的夜莺，神父。"小伙子说着，把笼子递给修道士。由于两个哥哥还没回来，他再次动身，前去寻找他们。小伙子先是走向宽阔道路，来到了哥哥工作的客栈。他私下和哥哥接触，并带他回到修道士那里。随后，小伙子走向中间的道路，来到绿草地，并坐在长椅上。很快，巨人挥舞着铁棍出现了，试图袭击小伙子。但小伙子巧妙地避开了袭击，从巨人手中夺过铁棍，并反击了他。巨人马上倒下，变成了一块巨大的黑色圆石。

"我的哥哥肯定就在这里。"小伙子想着，用铁棍不时敲击地上散落的石头。呼啦！这些石头都变成了人，逃走了，但哥哥并不在其中。小伙子看到长椅下的一块石头，敲击了一下。石头变成了他的哥哥，并开始逃跑。

"哥哥，哥哥，不要跑，是我。"小伙子叫道。

哥哥停了下来，两人回到了修道士那里。三人拿着神奇的夜莺，前去向父王汇报。路上走得口渴时，他们来到了一口井旁。

两个哥哥把最小的弟弟放下去取水，小伙子一到井底，两个哥哥就互相商量：

"我们回去后，所有的赞扬都将归他，我们反受蔑视。他应该永远待在井里。"

于是，他们切断了绳索，将弟弟留在井中，自己却带着夜莺回去，并向父王复命道：

"最小的弟弟在带回夜莺的途中被杀害，而我们两人成功带回了夜莺。"

他们把夜莺的笼子挂在新教堂中，但夜莺没有唱歌，而是非常悲伤、沉默。很快，精灵女王来到国王面前，问道：

"谁是带走我夜莺的人？"

"是我们带走的。"两兄弟说道。

"哦，那你们在路上遇到了什么？"女王问道。

"没有遇到什么。"两兄弟回答。

"并不是你们带走了夜莺，"女王说道，"你们是骗子。"于是，她命人逮捕他们，并让其入狱。

"直到真正带走夜莺的人被带到我面前，你们才能从牢里出来。"

在田里拾大麦的几位妇女正好经过小伙子所在的那口井旁，听到呼叫声后解救了小伙子。其中一位妇女没有孩子，就收留了小伙子。几周后，有消息传来，国王的儿子们带回了夜莺，但夜莺的主人精灵女王也随之前来。一天，小伙子对他的养母说道：

"新的教堂建好了，让我去看看吧。"

老妇人同意了，于是，小伙子以农民的身份前往城市。他来到父亲的宫殿，听说两位哥哥被监禁了。他马上来到监狱，把他们放了出来。精灵女王听说后，来到小伙子面前说：

"我是精灵女王，夜莺的主人。你不怕我吗？"

"我是带回夜莺的人，"小伙子说道，"我不怕你。"

"你在路上都看到了什么？"女王问道。

小伙子告诉了她自己的所见所闻，以及所做的一切。

"此外，"小伙子说道，"我还用嘴唇在你的额头上留下了印记。你可以看湖中的倒影，你是我的未婚妻。"

女王看向水中的倒影，看到了小伙子亲吻的印痕，惊叫道：

"啊，你配得上我。从今以后，我是你的妻子了。"

于是，他们举行了四十天四十夜的盛大婚礼。婚礼之后，两人前往教堂成婚。夜莺开始婉转地歌唱，为他们唱了一千零一支曲子。直到今天，夜莺仍在歌唱，整个世界都沉浸在优美的旋律中。

三个苹果从天上掉落，一个给我，一个给讲故事的人，还有一个给听故事的人。

做梦者

    曾经，有一对夫妻，他们的儿子是做梦者。一天早上，小伙子起床，对母亲说道：

"母亲，我昨晚做了一个梦，但我不说。"

"为什么不说出来呢？"

"我不说。"小伙子回答。

母亲打了小伙子一顿。他又跑到父亲面前，说道：

"父亲，我昨晚做了一个梦。我不告诉母亲，也不告诉您。"

父亲也打了小伙子一顿，小伙子非常生气，离家出走了。跋涉一天后，他遇到了一个行人。

"你好！"小伙子说道。

"你好！"行人回答。

"我做了一个梦，"小伙子说道，"我不告诉母亲，不告诉父亲，也不告诉您。"

小伙子继续走，来到国王的宫殿，国王正坐在门前。小伙子说道：

"国王，我做了一个梦。我不告诉母亲，不告诉父亲，不告诉行人，也不告诉您。"

国王十分愤怒，将小伙子扔进了宫殿地下室的监狱。小伙子用匕首在监狱的墙上挖了一个洞，通向隔壁房间。隔壁恰好是国王女儿的餐厅。小伙子吃完了橱柜中的所有食物，又回到自己的监狱中去。不久后，少女进来了。呀！食物都被吃完了。连着好几天都是这样。少女非常想知道是谁吃了自己的食物，于是藏在衣柜中观察。很快，她看到小伙子搬走墙上的一大块石头，墙体露出一个洞，他潜入房间拿起橱柜中的食物开始大吃特吃。少女跳了出来，抓住小伙子，说道：

"年轻人，你是谁？"

"我做了一个梦，"小伙子说道，"我不告诉母亲，不告诉父亲，不告诉行人，也不告诉国王。国王将我扔进监狱，我用匕首挖洞来到这里。现在，我任你处置。"

少女爱上了小伙子，不仅和他分享食物，还和他相爱。他们结为夫妻。

一天，东方之国的国王派使者送来两端一样的手杖，说：

"告诉我，手杖的哪端是头部，哪端是底部。若解答了这个问题，则皆大欢喜；若解答不了，你的女儿必须嫁给我的儿子。"

国王召集了所有智慧之士，没有人能解答这个问题。公主告诉了小伙子，小伙子说道：

"告诉你的父亲，把手杖扔到湖中，手杖的底部会在水中下沉得更深。"

他们照做后，问题解决了。第二天，东方之国的国王送来了三匹同样大小、一模一样的马，说道：

"哪匹是一岁大的马驹？哪匹是两岁大的马驹？哪匹是它们的母亲？若解答了这个问题，则皆大欢喜；若解答不了，你的女儿必须嫁给我的儿子。"

所有博学之士都无法解答这一谜题。晚上，公主对小伙子说：

"没人能解答这个问题，明天他们就要把我带走。"

"告诉你的父亲，"小伙子说道，"让三匹马在马厩中过夜。早上带一捆干草，把它弄湿并撒上盐后放在马厩门外。先出来的是母马，随后是两岁大的马驹，最后是一岁大的马驹。"

他们照做后，问题解决了。第三天，东方之国的国王送来了钢制盾牌和长矛，说道：

"若你能用这把长矛一下刺穿盾牌，我就把女儿嫁给你的儿子；若做不到，你的女儿必须嫁给我的儿子。"

国王和他的手下都尝试了，却无法刺穿盾牌。国王对女儿说：

"让你的男人出来。看他能否做到。"

小伙子到来后，一下就用长矛刺穿了盾牌。国王没有儿子，就将小伙子定为自己的继承人，并派小伙子启程，前去迎接东方国王的女儿。经过长途跋涉后，他遇到了一个跪着附耳倾听大地的人。

"你是谁?"小伙子问道。

"我向大地附耳，"男人回答，"能听见世上所有人所说的话。"

"啊！真是一位奇人！"小伙子叫道，"能听见世上所有人所说的话。"

"奇人?"倾听者说道，"用钢制长矛刺穿盾牌的人才是奇人。"

"那人就是我。"小伙子说道。

"那我就是你的兄弟了。"于是，倾听者成了小伙子的追随者。经过长途跋涉后，他们遇到了一个人，只见那人一脚踩在亚拉腊山上，一脚踩在托罗斯山上。

"啊！真是一位奇人！"小伙子叫道，"能够横跨世界。"

"奇人?"这个巨人叫道，"用钢制长矛刺穿盾牌的人才是奇人。"

"那人就是我。"小伙子说道。

"那我就是你的兄弟了。"于是，巨人成了小伙子的追随者。

经过长途跋涉后，他们遇到了一个人，他吃完了七个烤炉烘焙的面包，仍喊着："我好饿！快饿死了！看在上天的分上，给我些吃的吧。”

"啊！真是一位奇人！"小伙子说道，"七个烤炉不停地烤，烤出来的面包都不够吃。"

"奇人?"贪吃者叫道，"用钢制长矛刺穿盾牌的人才是奇人。"

"那人就是我。"小伙子说道。

"那我就是你的兄弟了。"于是，贪吃者成了小伙子的追随者。

很快，他们遇到了一个用肩搬运大地的人。

"啊！真是一位奇人！"小伙子叫道。

"奇人?"搬运者叫道，"用钢制长矛刺穿盾牌的人才是奇人。"

"那人就是我。"小伙子说道。

"那我就是你的兄弟了。"于是，搬运者成了小伙子的追随者。

很快，他们遇到了一个人，他躺在幼发拉底河的河岸上，喝干了河里的水，仍喊着："我好渴！快渴死了！看在上天的分上，给我更多的水吧！"

"啊！真是一位奇人！"小伙子叫道，"幼发拉底河所有的水都不能让他解渴。"

"奇人?"喝水者叫道，"用长矛刺穿盾牌的人才是奇人。"

"那人就是我。"小伙子说道。

"那我就是你的兄弟了。"于是，喝水者成了小伙子的追随者。

很快，他们遇到了一个吹号角的牧羊者。瞧呀，山谷、平原、森林、动物和人都在跳舞！

"啊！真是一位奇人！"小伙子叫道，"全世界都随他的音乐而舞蹈。"

"奇人？"牧羊者回答，"用钢制长矛刺穿盾牌的人才是奇人。"

"那人就是我。"小伙子说道。

"那我就是你的兄弟了。"于是，牧羊者成了小伙子的追随者。现在，他们总共有七人。

"能刺穿盾牌的兄弟，"六人对小伙子说，"我们现在要去哪儿？"

"我们要去迎接东方国王的女儿。"小伙子回答。

"你和她很相配。"六个兄弟说道。

很快，他们来到东方之国，国王看到他们后，悄悄对手下说：

"这七人是来带走我女儿的。但愿不要这样！他们都是斯文的少年，连一碗汤都喝不下。你去烤二十一个烤炉的面包，煮二十一口大锅的汤，摆在他们面前。如果他们能一口气吃完，我就把女儿交给他们；否则的话，就免谈。"

小伙子和他的兄弟们被安置在离国王的宫殿有些距离的住所。国王正向手下下达指示，倾听者听到国王的

命令后，对小伙子说道：

"能刺穿盾牌的兄弟，你听见国王对手下的吩咐了吗？"

"没有！"小伙子说道，"他的住所离我们这么远，我怎么能听见？"

倾听者说道："他们要给我们端来二十一个烤炉的面包和二十一口大锅的汤。要是我们不能一口气吃完，国王就不把公主交给我们。"

"振作起来，"贪吃者说道，"交给我吧。"

第二天，所有的面包和汤都放在贪吃者面前，他还没有吃饱，仍喊着："我好饿！快饿死了！给我些吃的吧！"

"上天诅咒这些人吧！"国王对手下说道，"这些东西还不够一个人吃，七个人该要吃多少！接下来，听我的命令。将他们安置在另一个地方，带去大量的木材，夜间把木材堆在房子周围，趁他们熟睡时放火。他们葬身火海后，我们就可以摆脱掉他们了。"

倾听者听到了这一切，告诉了小伙子。

"不要紧，"喝水者说道，"我可以保存足够多的水，来扑灭大火。"

他去喝干了附近河流的水，回来后所有人照常睡觉。半夜，房子着火后，喝水者将水喷向火焰，呼啦！他口中流出了一条小溪，不仅扑灭了大火，还淹死了所有放火的人。国王愈发愤怒，对手下说道：

"不管怎样，我不会交出女儿的。"

"现在轮到我了，"搬运者说道，"如果他不交出女儿，我就搬走他的整个王国。"

他刚说完，就把东方之国扛在了肩上，呼啦，他一下背起了整个王国。随后，牧羊者吹起了号角，山谷、平原、森林及其中的生灵开始翩然起舞。巨人走在前面，为他们开道，队伍欢乐前进。国王哭泣着祈求他们：

"看在上天的分上，留下我的王国！带我的女儿走吧！"

于是，搬运者放下东方之国，牧羊者不再吹号角，世界也停止了舞蹈。小伙子谢过六个兄弟的鼎力相助，把他们送回了家。然后，他带着东方之国的公主回到自己的王国，举行了四十天四十夜的盛大婚礼。在他离开期间，原先的公主生了一个婴儿。小伙子怀抱婴儿坐着，两位妻子各站在一边，他叫来自己的父母，说道：

"现在你们想知道我所做的梦吗？"

"是什么呀？"他的父母问道。

"我梦见，"小伙子说道，"右边有一个太阳，左边有一个太阳，一颗明亮的星星在我的心上闪耀。"

"这是你的梦吗？"他们问道。

"是的，这就是我做的梦。"小伙子说道。

这个故事是一场梦。梦的使者送来了三个苹果。一个给讲故事的人，一个给请求讲故事的人，还有一个给听故事的人。

喷泉里的新娘

我在某处听过，曾经有三姐妹，母亲去镇上为她们买裙子。回来的路上，她坐在喷泉边休息。

"呀！"母亲叫道，她忘了给小女儿买裙子。

突然，一个老人从喷泉里出来，站在妇人面前，说道：

"我的名字叫'呀'，你为什么召唤我呢？"

"我没有召唤你，"妇人说道，"我叫了一声：'呀！'因为我忘记给小女儿买裙子了。"

"去把她带来吧，"老人说道，"她来了你再召唤我，我会给她裙子的。"

妇人将女儿带到喷泉边。她一喊"呀"，老人就出现了。他把少女带进喷泉，尽管妇人再三呼喊，但少女没有出来。最后，妇人失去了希望，回家哀悼女儿的离奇消失。一两个月后，她再次来到喷泉边，发出"呀"的声音。老人出来后见到妇人，转身对着喷泉说道：

"嘿，儿子！你的岳母来见她女儿了，让她出来吧。"

"当然，"里面传来一个声音，"我会照习俗送她回去探望母亲的。"

几分钟后，妇人看到女儿从喷泉中出来，打扮得像个美丽的新娘，就把她带回家了。

"妈妈，"女儿说道，"给我安排一个单独的房间。我的丈夫说他每天夜里都会来我这里。"

母亲给她安排了一个单独的房间。丈夫每天夜里都化作鹧鸪来看望妻子。他总是在夜幕降临后前来，拍打翅膀停靠在窗台上。妻子打开窗户，让他进来。每天，鹧鸪都在破晓前飞走。两个姐姐嫉妒妹妹的幸福，将剃刀钉在窗户周围。夜幕降临后，鹧鸪飞来，停靠在窗台上时，翅膀碰到剃刀，身上好几处受了伤。他差点无法飞回喷泉，费力回去后也只能躺在床上。丈夫误以为是妻子将剃刀钉在窗户上的，就发誓要报复她。由于鹧鸪连续五六天没来，女人随母亲一起前去喷泉。

"呀！"她们喊道。呼啦！老人出来了，转身对着喷泉说道：

"儿子，你的妻子和岳母来了。"

"噢！噢！"鹧鸪叫道，"这样的妻子我不要。我恳求您，化为老鹰，先把她带到七重天，再把她扔到酷热的沙漠。"

老人马上变为老鹰，先把她带到七重天，再把她扔到酷热的沙漠。她摔在沙子上，却没有死。

"苍天哪！"女人叫道，"我做了什么，要受到这样的惩罚。"

她在沙漠里徘徊，不知该往哪儿走。夜里，她将自己埋在沙子中睡觉。很快，来了两个幻术士，坐在她的旁边。他们变出了无数的蛇。两人相互商讨，准备了一千零一种疾病的解药。对于剃刀伤口，他们给出的解药是这样的："用女人的初乳清洗病人，再在伤口上涂上年轻女性血管里流出的干了的血。这样反复三次，病人就康复了。"

女人专注地倾听着，并记下了解药。第二天早上，她启程前往丈夫的喷泉。经过长途跋涉后，她回到了自己的国家，从村里人那里讨到了女人的初乳，并切开自己的血管，放了一些血在太阳下晒干。随后，她扮成小伙子的模样来到喷泉。

"呀！"女人呼喊后，老人出来了。

"你想要什么？"他问道。

"我是位医生，"她说道，"忘了在村里采集一些药草，所以说了'呀'。"

老人走了进去，告诉小伙子外面有一位医生。

"带他进来吧，"小伙子说道，"看看他能否医治我的伤。"

女人进来，检查后说道：

"我能在三天内治好你。"

她用初乳清洗小伙子，并将干了的血涂在他的伤口上。第三天，小伙子就痊愈了。

"你想要我怎么报答你呢？"小伙子说道。

"我别无所求，"女人说道，"只希望你记住我的名字。"

"你的名字是什么？"小伙子问道。

"我的名字是沉香。"女人回答。

"呀！"小伙子叫道，"和我妻子的名字一样。"

"我就是你的妻子。"女人说着，卸下了男性的装束。

她靠在小伙子的肩膀上，低声啜泣着，向他诉说自己的委屈。两人和好如初，一直生活在喷泉里。

三个苹果从天上掉落，一个给我，一个给讲故事的人，还有一个给听故事的人。

胆小英雄戴希康

戴希康是一个可怜的家伙，只有两只山羊和一头牛。他的妻子野心勃勃，总是对他提出许多要求，令他烦恼不已。

"我希望你出去工作，"她经常说，"我想让你盖一栋新房子，我想给自己买一些新衣服、牛羊和马车。"

戴希康厌倦了她无休止的抱怨和责骂。有一天，他拿起棍子，将牛赶出屋子，对自己说："我要摆脱这个坏妻子，逃到旷野里自生自灭。"

这正是他妻子所希望的。于是，他离家出走，在旷野中徘徊，饿了就喝牛奶，累了就骑牛前进。他非常胆小，是一个典型的胆小鬼，奔跑的老鼠就足以使他颤抖。

"唉!"他叹气道,"然而,比起被坏女人折磨,我宁可被野兽撕碎。"

一天,牛在草地上吃草,而戴希康懒洋洋地躺着,这时苍蝇叮了他。戴希康诅咒妻子,并拍手打死了苍蝇。随后,他数了数自己这一击打死了多少只苍蝇。瞧,总共死了七只苍蝇!这鼓舞了他,戴希康用刀在手杖上刻了这句话:

"我是戴希康,一击杀了七个。"

随后,戴希康骑牛离开了。经过长途跋涉后,他来到了一片绿草地,在草地中央矗立着一座宏伟的城堡,周围环绕着果树。他让牛在草地上吃草,自己则躺下休息。七个兄弟住在那座城堡里。他们发现戴希康和牛在草地上,其中一人便前来查探他的身份,看究竟是谁敢闯入他们的土地。戴希康睡得正香,手杖立在他旁边。这人走近后,看到上面刻的字,恐惧不已。

"真是一位英雄!"他心想,"他一击杀了七个人,肯定是一位勇士,否则不敢在这里漫不经心地睡觉。多么勇敢!多么大胆!在没有武器、没有马、没有同伴的情况下来到了这里。这人肯定是伟大的英雄。"

于是,这人前去告诉兄弟们自己所见之事。七个兄弟全都前来向这位未知的英雄致敬,并打算邀请他拜访城堡。牛被他们的靠近吓得跳跃不安,并叫了起来。牛的叫声唤醒了戴希康,看到七个男人站在面前,他十分恐惧，抓过手杖站在一旁，颤抖不已。七兄弟以为他很生气，并因他的愤怒而颤抖不安，毕竟他一击就能杀死他们所有人。于是，他们恳求戴希康原谅他们的无礼，并为打扰了他的休息而致歉。随后，七人邀请他一同前往城堡，说道：

"我们是七兄弟，在这个地方因英勇善战而闻名。但如果您加入我们，做我们的老大，我们将立于不败之地。如果您这样的英雄能光临寒舍，我们将感到十分荣幸。"

听到这番话后，戴希康不再颤抖，说道：

"很好，就照你们说的做吧。"

于是，七兄弟迎接戴希康来到城堡，并为其举行了盛大的宴会。七兄弟都站在戴希康面前，双手交叉在胸前，不敢入座。戴希康惊慌失措，沉思着该如何摆脱这种令人困惑的境地。七兄弟认为他不仅是一个勇敢非凡的英雄，还是一位伟大的圣人，伟大到甚至都不屑于看他们的脸。他们低声咳嗽，以引起他的注意。由于内心的恐惧，戴希康突然点了点头。七兄弟将此作为入座的许可。宴会后，他们对他说：

"主人，您把马、武器和仆人留在哪里了？需要我们去带来吗？"

"胆小的人才需要马和武器，"戴希康说道，"我从不需要。只有在打仗时，我才使用马和武器。至于仆人，我从不需要他们。所有人都是我的仆人。瞧，我只凭借一头牛和手杖就走了这么久。戴希康是我的名字；我一击就可杀死七个。"

七兄弟对戴希康的尊敬和钦佩与日俱增。最后，他们折服于他的英勇，将唯一的妹妹——一位花容月貌的少女嫁给了他。戴希康知道自己不配，但他无法拒绝这份礼物。

"唉！"他叹气道，"因为你们的真诚请求，我会娶她的。"

他们买了昂贵的服装，让戴希康穿上。戴希康成了一个英俊的新郎，并举办了隆重的婚礼，轰动了所有的邻国。邻国的四位王子曾向这位少女求婚，却都遭到了拒绝。现在听说少女嫁给了一个陌生人，四位王子便向七兄弟发动了战争。戴希康听到此消息后，害怕得想找个地方躲起来。他想逃走，却没有办法逃脱。当他沉浸在悲伤中时，七兄弟来到他面前，鞠躬后说道：

"您的命令是什么，主人？您是希望自己出手，还是让我们先战？"

戴希康开始浑身发抖，紧咬牙关。七兄弟以为他愤怒得发抖，想要消灭整个军队。

最后，他们说道："主人，让我们七兄弟先与他们对抗，如果我们难以征服他们，再给您传消息，请求您的帮助。"

"好吧，那就先这样。"戴希康回答道，稍稍松了一口气。

于是，七兄弟前去战斗。邻国人民十分害怕以英勇善战而闻名的七兄弟。现在他们的妹夫可以一击杀死七人，敌人更加闻风丧胆。但是这次，四位王子的士兵团结一致，以非凡的勇气和决心进行战斗。七兄弟略微有些畏缩，于是他们送信给戴希康道："我们陷入困境了，请援助我们。"

一匹快马和武器等着他。戴希康开始为来到了七兄弟的城堡而懊悔。但现在还能做什么？最后，他决定奔赴战场，与敌人奋战。他宁可死亡，也不愿活在耻辱中。他一骑上马，马就知道这个骑士没有经验，便像长翅膀的鹰一样飞奔。戴希康无法阻止或驾驭这区马。七兄弟以为戴希康十分勇敢，以为他放手让马驰骋以杀死敌人。这匹马冲进了敌人的军队中，飞了起来，说道："谁敢站在这位伟大的英雄面前？"

敌人急忙撤退，慌乱中开始自相残杀。戴希康以前从未骑过马，他非常害怕，以为自己已经迷路了。当马在森林中奔跑时，戴希康用胳膊死死抱住一棵橡树，让马从身下奔走。这棵树碰巧已经腐烂，就被戴希康连根拔起。敌人恐慌万分，惊叫着逃走："啊！他连根拔起了一棵巨大的橡树，现在要把我们砸死。谁能站在这个强大的战士面前？"

于是，敌人纷纷哭着逃跑，自相残杀。七兄弟前来抱住他们英勇妹夫的脚，并叫道："多么伟大的勇气！多么伟大的胜利！"

他们万分隆重地带戴希康回家。发动战争的四位王子受到了极大的侮辱，他们请求和解。为了获得戴希康的青睐，他们每人献上了一千头母羊和它们的羔羊、十匹母马和它们的小马驹，以及其他昂贵的礼物。

就这样，最胆小的人成了最伟大的英雄。

佐尔维西亚

从前有一位国王，他非常喜欢打猎。他拥有广阔的森林，其中有各种猎物。但在他最远的疆界上，有一块狭长的土地，周围是陡峭的山脉，人们认为这块土地被施了魔法，因为到那里打猎的人从未归来。

一天，国王对贵族们说道："让我们去看看那里有什么。"

他的部下请求他听从劝告，不要去那里，但国王坚持己见，于是他们踏上了死亡之途，再也没有回来。国王有两个儿子，长子继承了他的王位。一天，弟弟对新国王说：

"我要为父亲报仇。"

国王试图劝阻他，但徒劳无功。小伙子坚持这么做。在一些忠实仆人的陪伴下，他们踏上了危险的征途。一进入不祥之地，他们就看到一只美丽的羚羊在面前奔跑。他们开始追逐这只动物，然而，羚羊在灌木丛和岩石中灵活跳跃，似乎在嘲笑他们。他们一直追赶，直到深夜才回到被陡峭岩石围绕的茂密森林中。羚羊跃过岩石，消失在森林里。然而，马实在走不动了，于是众人都下了马。他们惊讶地发现，在纯净的喷泉旁的树林间，搭起了一个帐篷。进入帐篷，他们看到桌子上铺满了各种美食。饥肠辘辘的他们狼吞虎咽地吃了起来。随后，他们用喷泉里的水解渴。只有小伙子没有品尝食物或水。他暗想，这背后肯定有蹊跷。当手下人大吃大喝时，小伙子忙着查看附近的情况。令他极为恐惧的是，他在离帐篷不远的地方看到一堆白骨，这些骷髅正露出牙齿咧嘴笑着。这不是那些消失在这土地上的狩猎迷路者的骨骸，还会是什么呢？或许其中还有他父亲的遗骨。他是怎么被杀害的？带着这些想法，小伙子回到了帐篷中，他惊讶地发现一些部下已经死去，另一些也只剩下最后一口气了，他又伤心，又害怕。他希望帮助他们，却只是徒劳。他们很快就没有气息了。死因十分明显，就是有毒的食物和水。小伙子现在明白了，在这里狩猎的人是如何被杀害并堆积成累累白骨的。但罪魁祸首是谁呢？他的鲜血开始沸腾，无论对方是人还是妖魔鬼怪，他都决心与其战斗到底，直到他为这恶行的受害者复仇为止。他正在沉思，突然听到有骑兵的脚步声传来，他立即回到森林深处，将马系在一棵梧桐树上，并躲在灌木丛后悄悄观察帐篷和附近的动静。很快，许多骑兵赶到，看到这些死者，他们似乎极为高兴，并立即脱掉死者的衣服。他们将每个死者的财产装在自己的马上，准备骑马离开。其中一位穿着整套白色盔甲，有着一头长发和优美的容貌，美丽动人，毫无疑问是他们的领袖。小伙子紧紧盯着他们，刚要用弓箭射向那位领袖的前额时，突然停了下来。

"那是一个女人，"他对自己说道，"我不射杀女人。"他立刻从藏身之处跳了出来，站在领头的骑兵面前大叫道：

"你是人还是妖魔鬼怪？说清自己的身份。让人们误入歧途并夺取人命可不是英雄所为。来吧，让我用剑和你较量。"

小伙子的这些话先是让她感到十分愤怒。但在下一秒钟，她又恢复了优雅的姿态，用最甜美的声音回答道："年轻人，只要你的心如言语一样勇敢，我就饶了你的命。我叫佐尔维西亚。如果你想在我面前展现你的英勇，那你一定要来我住的地方。"

之后，她策马消失在树木和岩石后。小伙子静静地站着，似被闪电击中一般。女骑士的一切令他着迷：她散发着光芒的脸，金色的头发，闪电般飞驰的马。

"佐尔维西亚！佐尔维西亚！"小伙子突然叫道，"我会找到你的。"

他立刻上马，朝着佐尔维西亚及其追随者的方向出发。此时夜已深，太阳早已消失在地平线后。在黑暗中摸索了一会儿之后，他看到远处闪着一束光，就驶向那个方向。抵达后，他看到一位老仙女正在洞穴中揉面团。

"愿此刻的美好皆归于你!"小伙子说道。

"上帝保佑你，孩子!"老仙女说道，"无论是天上的鸟，还是地上的蛇都不敢来这里。你为什么冒险前来?"

"你的爱带我来到了这里。"小伙子回答道。

这位仙女对小伙子很满意，她对他说道:

"我的儿子们——七个仙子刚刚出去狩猎。他们整夜狩猎，早晨回来。他们如果在这里发现你，就会吃掉你。我将你藏起来吧。"于是，她把小伙子藏在洞穴附近的一个洞里。

黎明时分，七个仙子回来了。闻到人的气味，他们叫道:

"哦，母亲!昨晚你吃了一个人，难道你连骨头都没给我们剩下吗?"

"我没有吃过人，"他们的母亲说道，"是我的人类外甥来拜访我们。"

"他在哪里，妈妈?我们想见见表哥。"仙子们说道。

老仙女把小伙子从洞里带出来，将他介绍给仙子们，他们见到小伙子很高兴，并询问他前来的原因。小伙子告知他们自己正在追赶佐尔维西亚。

"佐尔维西亚!"七兄弟惊呼道，"听我们的劝，表哥，不要这么做。这是极为艰险的征途。佐尔维西亚十

分残暴。表哥，来吧，和我们在一起。我们会听从你的吩咐，幸福地生活在一起。"

"不，"小伙子说道，"无论发生什么，我都要这么做。"随即，他给了七兄弟一把剪刀，说道：

"当你们看到剪刀上有血滴落时，就表明我深陷困境，需要你们的救援。"

小伙子告别了表弟们。在途中，他来到了另一个山洞，里面住着另外七个仙子和他们的母亲，她是之前那位仙女的妹妹。这些仙子也认他为表哥，并试图劝阻他离开。小伙子给了他们一面镜子，说道：

"当你们看到镜子上满是汗水时，就知道我有麻烦了，到时请立即赶来救我。"

之后，他来到了第三个居所，那里也住着七个仙子和他们的母亲，这位母亲是前两位仙女的姐妹。这些仙子也认他为表哥，并试图劝阻他离开。小伙子给了他们一把剃刀，说道："当你们看到这把剃刀的边缘滴落血迹时，就知道我性命堪忧，到时请立即赶来救我。"

离开后，小伙子在小屋里遇到了一位老修道士，他也试图劝阻小伙子。但由于小伙子的再三坚持，修道士说道：

"让我告诉你：佐尔维西亚是世界上最美丽的少女。她是被上天赋予护身符的公主，掌管着四十名女仆兼女战士。每天清晨，她穿着珍珠色的长袍，登上城堡的塔顶，巡察自己的全部疆域，想看看是否有人类或仙子闯入她的疆界。只要她大喊三声，在其境内的所有人就会像被闪电击中一样，即刻死亡。她化身为羚羊，以便引猎人误入歧途，并用有毒的食物和水将其杀害。现在，你要按照我的建议去做。一旦抵达她的城堡附近，你就竖起一根棍子，为其披上斗篷和帽子，并在附近挖沟掩藏自己，同时用蜂蜡封住双耳，以免听见任何声音。破晓时分，你要观察她在塔顶上的动静。在她喊前两声时，不要惊动她，但在第三声结束时，请立即从藏身之处跳起，站在她面前。通过这种方式，你就可以轻而易举地制服她了。"

小伙子谢过这位修道士，继续赶路，不久就看到了远处的佐尔维西亚的宏伟城堡，上面装饰着金银珠宝。他遵照修道士的建议，在佐尔维西娅的第三声大喊结束时跳了起来，站在她面前凝视着她。佐尔维西亚认出了他，说道：

"你战胜了我；你很勇敢，是真正能与我相配的英雄。除了你之外，没有人听过我的声音后还活着。现在我只是一个普通女人。进来吧，英雄，我和我的四十个侍女会为你效劳。"

小伙子倾心于她，对她所犯的罪行的所有仇恨都消失了。他爱上了她，佐尔维西亚也爱小伙子。她让金色长发从窗户垂下，小伙子走近她，开始亲吻她的长发。

两人来到城堡并结为夫妻，他们举办了四十天四十夜的婚礼。四十名侍女服侍他们。四十天后，佐尔维西亚将自己的闪电马送给了小伙子。这匹马似乎十分喜欢新主人。小伙子骑马准备去打猎时，佐尔维西亚将自己的一缕头发放在珍珠盒中作为护身符送给了小伙子。小伙子每天都去打猎。一天，他在河边追逐一只鹿时，珍珠盒掉入水中不见了。小伙子十分内疚，但毫无办法，只能空手回家。珍珠盒顺着河流来到东方之国，渔夫们将其从水中打捞上来，献给国王。国王打开盒子，惊讶地看到一缕金发。他召集贵族们参加会议，并把珍珠盒放在他们眼前，说道：

"你们必须告诉我这是谁的头发。如果三天之内无法答复，我就砍了你们的头。"

"愿国王万岁！"贵族们回答，"三天之内，我们将为您带来消息。"

他们立刻开始商议，向全国所有博学的人征求意见，却徒劳无功。他们无法在三天之内解决这个难题。第三天，女巫听说了情况，来到贵族们面前，说道：

"我可以告诉你们这是谁的，但你们将怎么回报我呢？"

贵族们说道："如果你救了我们的命，我们每人都会给你一大把金币。"

女巫同意了，告知了他们佐尔维西亚和她的金发的故事后，拿走了金子。贵族们向国王禀告了这些消息，同时吹嘘他们解决了这个难题。

"那么，"国王说道，"我希望你们将她带给我，我想娶她。我给你们四十天的时间，如果那时她没被带到我面前，我就砍了你们的头。"

这些人马上去找女巫，哀求道："女巫，只有你才能做到这件事，拯救我们的性命。无论你要什么，我们都愿意给你，只要你能带来佐尔维西亚。"

女巫答应了。她抓了二十条蛇，放入一个大陶罐中，并塞住罐口。随后，她将一条大黑蛇作为鞭子，缠在陶罐上，击打了三下。陶罐仿若有翅膀般飞了起来，穿过天空，女巫就坐在上面。不久，她来到了佐尔维西亚的花园，将陶罐藏在草下，她走到路边坐下，这是小伙子打猎的必经之路。女巫故意穿上破旧的衣服，打扮得风尘仆仆。傍晚，小伙子见到她，就询问她的身份，以及她是怎么来这里的。

"哦，孩子！"女巫哀叫道，"愿上天保佑你！我是去耶路撒冷的朝圣者，因为错过朝圣队伍而迷失了方向。看到你远处的居所，我想叨扰一下，找个栖身之所。看在上天的分上，给我一些面包和水，让我和你的狗一起睡在门口就行。"

小伙子十分同情她，就让她坐在马背上。聪明的马知道她是一个邪恶的女人，立起后腿，让她跌倒在地。

"我会慢慢跟上的，孩子，"女巫说道，"你骑马走吧。"

听到小伙子带了一位老妇人回来，佐尔维西亚说："不要让她进入我们的房子。她可能是一个女巫，会给我们带来灾难。"

小伙子对侍女下令，让她们与老妇人保持距离，不要让她出现在佐尔维西亚面前。但女巫很聪明，很快就赢得了侍女的好感。侍女在女主人面前称赞老妇人，并请她召见老妇人，哪怕一次也行。佐尔维西亚同意了，女巫被带到了她面前。女巫有无数手段来赢得年轻女性的好感，很快就成了佐尔维西亚跟前的红人。佐尔维西亚一刻都离不开她。一天，老妇人对佐尔维西亚说：

"你真幸运，有这样一位英雄丈夫，战无不胜。他发现了你的秘密，并赢得了你的爱。你肯定知道他英勇的秘诀。愿上天保护他的性命！你能告诉我他英勇的秘诀是什么吗？"

"不，"佐尔维西亚回答道，"我不知道他的秘密是什么。"

"你们究竟是什么夫妻啊？"女巫嘲讽道，"他知道你的秘密，你却不知道他的秘密，他还说自己爱你。奇怪，真是奇怪！"

这些话激起了佐尔维西亚的好奇心，当天晚上她一直缠着小伙子，直到他透露自己的英勇源于其魔力匕首，他白天将匕首随身携带在腰间，晚上则将其放在枕头下。一旦这把匕首被拿走，他就会失去所有力量。两人都发誓不把这个秘密告知任何人，并且互相交换戒指，作为忠于彼此的标志，直到死亡。但佐尔维西亚没有保守秘密。第二天，她把这个秘密告诉了女巫，并补充道：

"我告诉你这个秘密，是为了让你知道我丈夫如何真心爱我。"

但佐尔维西亚并没有透露有关誓言和交换戒指的事。那天晚上，女巫施展魔术，让屋内的所有人开始沉睡。午夜时分，她潜入小伙子的房间，从枕头底下拿起魔力匕首，将其扔到附近的池塘里。随后她回到房间，假装入睡。早上，佐尔维西亚和侍女们看到男主人没有起来。她们进入房间。呀，小伙子从床上摔了下来，失去知觉，口吐白沫！她们呼唤他，却无法得到答复。

佐尔维西亚惊呼道："看看枕头底下的魔力匕首是否还在。"一查看，呀，匕首已经被偷走了！她们都开始哭泣。女巫进来，想查看小伙子是否真的已经死亡。她捶打胸膛，拍打膝盖，扯着头发一直大哭大叫。随后她出去，把陶罐带到城堡门口，在数十条蛇的环绕下重新进门，它们吐着叉状的舌头嘶嘶作响。所有人都惊恐万分，开始大声尖叫。她让蛇咬了侍女，侍女们都陷入了昏迷。随后，女巫对佐尔维西亚说道：

"现在你必须服从我并跟我走，否则我就把这些蛇缠在你身上，它们会咬你，并把你撕成碎片。"

佐尔维西亚十分恐惧，不敢出声。女巫将她推下楼梯、塞入陶罐并封上罐口。之后，女巫骑在陶罐上，用蛇做的鞭子击打三下，陶罐便飞了起来。她在东方之国降落，将佐尔维西亚交给国王的大臣们，得到了一匹马都拉不动的黄金。佐尔维西亚被带到了国王的宫殿。

＊　　　　＊　　　　＊

让我们将目光转向小伙子。小伙子的二十一位仙子表弟看到剪刀和剃刀上有血滴落，镜子上满是汗水，就知道他们的表哥陷于困境，急忙前来营救。到达城堡时，他们看到小伙子仍死气沉沉，侍女身上爬着许多蛇。在杀死蛇后，所有的侍女都复活了，并告知仙子这里发生的事。他们到处寻找匕首，却徒劳无功。到了晚上，他们都饿了，却没什么东西可吃。仙子们看到有大鱼在池塘中游动，便潜入水中抓鱼并把鱼扔上岸。一条大鱼被扔到岸上，切开大鱼，呀，魔力匕首掉了出来！原来是这条鱼吞下了匕首。匕首刚放到小伙子的枕头下，他就跳了起来，清醒后惊讶地发现仙子表弟们都来了。他们告诉了他一切。小伙子马上跑到马厩。闪电马还在那里，但境况十分悲惨，既没有吃也没有喝。马一见到小伙子，闻到他的气味，就跳了起来，嘴里嘶嘶叫着。小伙子给马喂了食物和水，将它刷洗干净，并亲吻它的前额，说道：

"哦，聪明的马！你凭直觉预见了灾难，就将女巫从背上扔下。瞧！她带给我们的是什么。现在，让我们去追赶佐尔维西亚吧。"

马仿佛听懂了小伙子所说的话，嘶嘶地叫着，并不住地用蹄磨蹭地面，仿佛在说："是的，我们走吧。我已经准备好了。"

小伙子回到城堡，给了侍女许多珍贵的礼物，让她们自行离开。他把城堡和其中的珍宝送给了仙子们，自己只拿了一袋金币。小伙子骑马顺着河流走，来到了东方之国。他停在城郊一个老妇人的小屋前，敲了敲门。

"你好，可否收容我一晚上？"小伙子问道。

"不，这里容不下你，"老妇人回答道，"你还是去别的地方看看吧。"

"这是给你的，"小伙子说着，给了她一把金币。"你就像是我头上的皇冠，孩子！"老妇人叫道，"你和你的马都可以在这里休息。"

于是，小伙子进了小屋。饭后，他问老妇人最近有什么新鲜事，得知佐尔维西亚在国王的宫殿里，婚礼已经进行了三十五天，五天后婚礼将结束。但她曾向国王表明自己不愿嫁给他，因为她已经是其他人的妻子，她宁愿服毒而死，也不愿被迫成婚。佐尔维西亚已经准备好了毒药，因此，她没有接见任何人。

"好的，这些已经足够，"小伙子说道，"你会保守这个秘密的，是吗？"

"当然，当然。"老妇人回答。

"这里还有一些金币，"小伙子说道，"你去买一套昂贵的衣服，穿上它去见佐尔维西亚。你将这枚戒指戴在手上，让她看到，再把她说的话告诉我。"

老妇人照他说的做了。宫里的仆人以为她是大臣的妻子，就告诉佐尔维西亚，东方之国的一位伟大女士要来见她。

"我不想见她，不想！"佐尔维西亚叫道，"让她不要靠近我。"

仆人转告佐尔维西亚不想见她时，老妇人没有听仆人的话，而是推开了佐尔维西亚房间的门，将戒指展现在她眼前。佐尔维西亚一看到戒指，就变得像小羊一样顺从。

"欢迎你，善良的女士！"她用甜美的声音叫道，"请坐。"并且关上了门。当只有她们两人时，她问道："夫人，戒指的主人现在在哪儿？"

"他是我家的客人，"妇人回答道，"正等着你的消息。"

佐尔维西亚说道："告诉他先休息三天。你立即去向国王禀告，说已经说服了我，让他高兴。第三天，我会去公园放松心情。剩下的就是你家那位客人的事了。永别了！"

"永别了！"老妇人说道，她立即去了国王的寝宫，自豪地表示自己已经说服了佐尔维西亚，三天后的清晨，佐尔维西亚将去公园放松心情，回来后就会嫁给他。国王十分高兴，赐给老妇人贵重的礼物。回来后，老妇人告诉了小伙子所发生的一切。第三天清晨，佐尔维西亚来到公园时，小伙子骑在马上，像闪电般驰骋而来，用手搂过佐尔维西亚，转瞬就消失不见了。人们还以为是一场飓风，惊恐万分。国王和部下意识到佐尔维西亚被带走的事实，便骑马开始追赶这位身份不明的骑士。小伙子把佐尔维西亚放在安全的地方，自己骑着闪电马回来，用他的魔力匕首杀死了国王和他的部下，并告知了人们自己的身份。厌倦了暴虐国王的人们希望他能成为新的国王，佐尔维西亚能成为新的王后。小伙子带回了佐尔维西亚。人们用盛大的仪式欢迎他们登上王位和后位，直到今天，他们仍统治着东方之国。

三个苹果从天上掉落，一个给我，一个给讲故事的人，还有一个给听故事的人。

龙孩和太阳孩

曾经有一位国王，膝下无子，孤独地生活着。他向王国内的所有博学者征求建议，以减轻烦恼，却毫无效果。为了忘却忧愁，国王纵情于打猎。一天，在森林中漫步时，他看到一条盘旋的蛇，旁边围绕着几条小蛇。国王凝视了很长时间，意识到自己的境况连这条蛇都不如。他长叹了一口气，向上天抱怨道：

"哦，上天哪！我在你眼里竟不如这条蛇有价值吗？你竟如此折磨我，断绝我的后代和幸福？"

国王一直没忘记这条蛇的一家。一天，一个孩子来到宫殿，但他是个半人半龙的妖怪。国王的悲哀更甚以往。他们无法杀了这个孩子，因为他出身高贵。他们将龙孩投入一口枯井，每天喂他一囊袋的羊奶。很快，龙孩长大了，他要求把奶换成肉。于是，王宫里的人每周扔给他一位少女；当龙孩又大了些后，每家每户都得为龙孩准备一位少女。后来轮到了一位穷人，这位穷人和前妻有一个女儿，他后来又娶了一位寡妇，寡妇也有一个女儿。丈夫表示要将现在的妻子的女儿扔给龙孩，但妻子坚持将丈夫与前妻生的女儿交出去。最终，妻子的要求得到了满足，第二天，继母准备将继女投给龙孩。这位美貌优雅的少女哭了一整晚，祈祷上帝的怜悯。半夜里，她听到梦中有人对她说：

"少女，不要害怕被投给龙孩。让你父亲给你带上三囊袋黑山羊奶，你要为自己准备一把匕首。让你父亲用牛皮裹住你，用绳子将你和羊奶放入井中，龙孩吩咐你从牛皮中出来以便吞吃你时，你要让他从龙皮中出来。他出来后，你就用刀割破牛皮，钻出来用羊奶使他洁净。"

第二天早上，少女将梦境告诉了父亲。她父亲准备了所有的东西，并向上天祈祷少女的梦可以成真。少女被放入井内后，龙孩吩咐她从牛皮中出来，少女遵照梦中的启示那般回答。龙孩听后十分愤怒，龙皮爆裂。呀，一个英俊的小伙子出现了！少女用刀割破牛皮，在匆忙出来时摔了一跤，一颗前门牙破裂了。她用羊奶使小伙子洁净，小伙子变成了一个健康英勇的青年。他马上向少女表达了感激之情，感谢她让自己从可怕的束缚中解脱出来。就在那时，少女的父亲来到井口，想验证少女的梦是真是假。看到他们没事，这位父亲飞跑着去告知国王。国王同王后、随从们立刻赶到现场，他们兴高采烈地将龙孩和少女从井中拉出来，并举行了四十天四十夜的盛大婚礼。这个青年和少女情投意合，幸福地生活在了一起。

过了一段时间，由于战争，龙孩不得不远离家乡。即将离开时，他请求王后别把自己的妻子送走，即使回她父亲家也不行，唯恐有什么不测。王后答应了。但是，一千个恶魔进入了少女继母的内心，她嫉妒继女的好运。这位继母来到王宫，邀请继女回家，假惺惺地表示自己和丈夫都渴望见到女儿。请求被拒绝后，她又派丈夫前来。这个父亲恳求王后让女儿至少回家一日。王后认为这没有什么危险，就同意了让少女回家。这个继母带着自己的女儿和继女在海边散步。在岸边时，她提议道：

"女儿们，我们来游泳吧。"

母女三人入海游泳，邪恶的继母假借帮助继女，带她进入深海。继母猛推了她一下，继女被浪卷走，在波涛的裹挟下漂向大海深处。确认继女被淹没后，继母带着女儿匆忙回到岸边，并让女儿穿上继女的裙子，将她以龙孩妻子的身份送回宫殿。

*   *   *

让我们将目光转到海中少女的命运吧。她和凶猛的
波浪斗争了很长时间，她抓住附近的一只空桶而幸免于
难。风从岸边吹来，波涛裹挟着少女和空桶漂向大海深
处。她抓着空桶漂浮了三天三夜，最终流落到一个荒无
人烟之地。在岸上走了很久，少女连一个人影都没看
到。她饥肠辘辘，赤身裸体，疲惫不堪。上岸后她做的
第一件事就是收集灯芯草和苔藓，为自己织了一件类似
于围裙的衣服，以掩盖自己的身体。随后，她采摘一些
野莓来充饥，喝旁边溪流的水来解渴。徘徊在岸边时，
少女注意到有一间小屋掩映于草丛中。慢慢靠近小屋
后，她看向屋内。呀，一个小伙子正在屋内睡觉！少女
靠近屋门坐下来。太阳很快下山了，小伙子醒来，出门
时他注意到了少女。小伙子不知她是仙女还是妖怪，就
一边后退一边在自己脸上画十字，祈求上苍保佑自己。
令他惊讶的是，少女并没有消失。于是，他说道：

"你是仙女、妖怪，还是人？说出你的身份。"

少女告诉了他自己的遭遇。

"我的遭遇和你一样离奇，"小伙子说道，"我是富人
的独生子，有享之不尽的财富。我过着放荡的生活，每
天纵情打猎。有一天，我连续三天没有打到任何猎物，
愤怒到了疯狂的边缘，整夜游荡。日出时，我的疯狂到

了顶点，决心射下太阳，让黑暗遮盖世界，因为我没有猎物，无法享乐。我立刻抓起弓箭，瞄准刚升起的太阳，还没松开箭弦，就有一只燃烧的手掌扇了我一耳光；一簇火烧了我的头发，将我投到这片荒野。我听到一个愤怒的声音从云层传来，宣告我被诅咒了，永远不能再见到日光。因此，我被丢弃在这里，白天太阳闪耀时在小屋睡觉，到晚上才能外出寻觅食物。如果在日出后走出小屋，我必然会死得很惨。"

命运让这两个年轻人神奇地相遇在这孤独之地，他们决定共同生活。因此，龙孩妻子现在成了太阳孩的妻子。女人白天劳作，男人夜里劳作，共同谋生。很快，女人怀孕了，需要他人的帮助。两人决定让女人去寻求太阳孩父母的帮助。小伙子写了一封信给父母：

> 我将自己的妻子，你们的儿媳交给你们；请以对待儿媳的方式接纳她、照料她。但不要来找我，因为我不能见到日光，不能回家，也不能进城。如果我回家，就会死，因为我受到了诅咒。

小伙子夜间行路，白天藏身于洞穴，带妻子到了父母家的附近，他自己则回到小屋中。女人把信给了公公，得到了照顾。小伙子的父母听说儿子还活着，就想带他回家，但女人说服了他们，因为如果见他就意味着小伙子会死亡。过了一段时间，全家人都因一个男婴的出生而喜悦不已。年轻的母亲把婴儿放入摇篮，轻轻摇晃，并把自己的遭遇编成歌曲，唱给她的宝宝听。一天，正当年轻的母亲哄宝宝睡觉时，黑暗中传来歌声，与摇篮曲相和。她认出了太阳孩的声音，歌声从远处传来，满怀对婴儿的爱，但他本人却不能前来。这一情形重复了好几天，太阳孩的父母听到有人常常夜里前来，与儿媳轮流唱摇篮曲。他们被怀疑蒙蔽了头脑，觉得儿媳有个夜里来访的情人。感受到公婆的怀疑后，年轻的女人说道：

"前来应和摇篮曲的是你们的儿子。他因对婴儿的爱而来，却不能进屋。你们若迫使他露面，他就会死亡。"

"不，你撒谎！"她的公婆生气地说，"你肯定有见不得人的事情。我们会一直监视你，并抓住那个夜间访客。如果他是我们儿子，皆大欢喜；如果不是，痛苦会降临到你身上。"

那天晚上，他们一直注意着动静，声音从外面传来时，他们跑过去拽住了小伙子。呀，不是别人，正是他们的儿子！小伙子祈求道：

"看在上天的分上，让我走吧！如果太阳升起时我不躲在小屋内，就会死亡。放我一条活路吧，我遭受了诅咒！"

然而，他的父母并不相信，他们把小伙子强留在家，直到日出。当第一缕阳光出现在东边时，哦，小伙子倒在父母的臂弯中，死去了。神奇的是，他的灵魂并未完全离开。父母以为他会在日落时醒过来。事实却并非如此，直到夜晚，小伙子仍毫无知觉。屋子里充满了悲伤，但更糟糕的事还在后头。小伙子还没有死亡，既不能被埋葬，又不能醒来告诉父母补救措施。他的父母捶胸顿足，后悔不已，却都无济于事。一天夜里，饱受折磨的母亲做了一个梦，这个梦启示她：

"起来，穿上铁鞋，手持铁棍，向西边走，直到鞋已磨破，棍已损坏。在那里，你会找到解救儿子的方法。"

母亲对孩子的爱是无穷的。一醒来，这位母亲就吩咐铁匠为她做一双铁鞋、一根铁棍。随后她向西出发，日夜不停地走，穿过白人、红人和黑人的国度；经过仙子、巨人和精灵的王国，甚至深入野兽和鸟都不敢经过之地；她已经走到了大地的尽头。在那里，这位母亲看到了一座宫殿，宫殿是用蓝色大理石建成的，她走了进去。在宫殿门前，铁棍从手中掉落，摔坏了；她拿出鞋子，抖落灰尘。呀，铁鞋磨破了，每只鞋上各开了一个洞。她自语道：

"就是这里，我能找到解救儿子的方法了！"

于是，这位母亲进入宫殿，一连穿过了十二座庭院。每座庭院都有四个拱门环绕，其间有无数的星辰在沉睡。每座庭院的中央是一个池塘，晶莹的水从泉眼中涌流出来。庭院里没有任何树木、草地、鸟兽及其他生物。寂静笼罩着这里。在中间庭院的池塘旁，有四个金色的拱门，上面是一个金灿灿的房间，中间有一张珍珠床。在靠近窗户的地方，有一位女王坐在金色宝座上，她非常美丽，语言无法形容她的可爱。她从头到脚满身钻石，面容发出柔和的光。见到这位高贵的女王，可怜的母亲惊奇不已。这位母亲的面容变得苍白，像秋天的落叶般在寒风中震颤不已。她跪下来，举起双手，正要开口，突然，女王开始说话：

"人类啊，天堂从未允许凡人踏入这座宫殿。你是至今首个被允许入内的人，肯定有足够的原因。可以看出你是一位满怀悲痛的母亲。不要害怕，把你的悲伤告诉我吧。"

女王和善的言辞鼓励了这位母亲，她说道：

"女王陛下万岁！是的，我是一位母亲，奔波万里是为了挽救我独生子的生命。"

她讲完了自己的故事，女王回答道：

"你的孩子很坏。我自己也是母亲，太阳是我的孩子，他的光照耀天空和大地。你儿子居然邪恶到想射杀我的孩子——宇宙生命的给予者。所有对人的罪恶或许可以被饶恕，但对生命唯一源泉的罪恶是不可饶恕的。因此，你的孩子注定要被剥夺生命。他遭受了诅咒，似生非生，似死非死。"

"我是一个母亲，"女人重复道，"为挽救儿子的生命而来。我长途跋涉了如此之久，铁鞋磨坏，铁棍碎裂。如有必要，我愿意走更多的路。出于对儿子的爱，伟大的天国女王，请帮帮我吧！"

这些话唤起了女王的恻隐之心，她回答道：

"很多孩子享有生命，只是因为他们伟大的母亲而已。你的儿子也是如此。善良的母亲，你的内心怀有如此伟大的母爱！现在，你藏到那边的星辰后去。现在已将近傍晚，我的儿子很快就要回来了；如果你不躲藏，你会被烤焦的。他回来之后的第一件事就是跳入这个池塘，随后来接受我的喂养。你要趁那个时候从他洗过澡的池塘中舀一瓶水，把它带回家。只要将水洒在你儿子身上，他就会痊愈。"

很快，太阳带着浑身的火焰回来了。星辰们醒来，端正站立，向国王致敬；随后，夜降临了，他们散落在蓝色星球的表面，闪耀于各自的轨道。太阳跳入池塘，女王伸手将他抱出来，放在珍珠床上，开始喂养他。因为尽管太阳永不疲倦，永不衰老，却永远是个婴孩。太阳孩的母亲从藏身之处出来，在池塘里舀了一瓶水，立马沿原路返回。安全到家后，她将水洒在儿子身上，儿子痊愈了。这位母亲的奇妙经历在全世界广为流传，遥远国度的王子们和地球另一端的哲人们纷纷赶来，拜访这位母亲和太阳孩，并听他们详细讲述这段奇妙经历。

从遥远国度前来的王子中，就有龙孩。他从战争中安全归来，却惊讶地发现妻子变了，尽管这对姐妹非常相像。由于龙孩之前在妻子摔坏的门牙那里安了一颗金牙，他可以察觉到不同。仔细盘问王后之后，龙孩了解到妻子回过家，他猜想，妻子可能被其继妹替代了。他费了很大力气，到处寻找失踪的妻子，却都是徒劳。龙孩来看太阳孩和他母亲，希望能有办法找到妻子。他成了太阳孩家的宾客，在晚餐时讲述了自己的遭遇。太阳孩的妻子正在餐桌上招待客人，微笑时露出了金牙。于是，她被发现了，太阳孩讲述了她的来历。由于龙孩和太阳孩已共享食物，成为朋友，他们同意友好解决这一问题。他们决定烤咸肉让年轻的女人吃，不让她喝水。之后每人带着一罐水去田间骑马。年轻的女人向谁讨水喝，谁就是她的丈夫。于是，两人按约定在田间骑马，年轻的女人怀抱孩子陪伴他们。她口干舌燥，但不想冒犯其中任何一位，沉默了一段时间。最终，她意识到如果不结束这种状态，自己将会昏倒。

"太阳孩！太阳孩！"她喊道。

太阳孩下马，准备给她水喝。她接着又喊道：

"龙孩！龙孩！"

龙孩也下马，准备给她水喝。这时，年轻的女人转向太阳孩，说道：

"带着孩子回去吧，我是龙孩的妻子。"

她从龙孩的水罐中喝水，随他回家了。

就这样，问题解决了，他们实现了自己的愿望。愿所有受折磨之人都能得到安慰。

三个苹果从天上掉落，一个给我，一个给讲故事的人，还有一个给听故事的人。

米尔扎

　　从前有一位国王，因怀疑兄弟企图篡夺王位，囚禁了他的兄弟，让他的兄弟求生不得，求死不能。国王年纪大了，快要去世，他叫来三个儿子，叮嘱他们不要让国王之位空着，以免他们的叔叔篡夺王位并处死他们。将重要事项交代给年轻的王子们后，老国王去世了。大儿子继承了父亲的王位。一天，新国王出去打猎。最小的弟弟米尔扎想起了父亲的忠告，立即坐在宝座上。傍晚，新国王回来后，开始责骂米尔扎："这是怎么回事？你个混蛋！你想篡夺我的王位吗？"

　　"不，陛下，"米尔扎回答，"我坐在宝座上，是为了防止叔叔趁机篡位。如果你不高兴的话，我以后不这么做了。"

第二天，国王又出去打猎，宝座就空了。突然传来一阵响亮的叮当声。呀！叔叔挣脱了枷锁，从天而降，坐在了宝座上。他马上下令处死三兄弟，但官员们恳求新国王别杀害侄子，而是将他们驱逐出去。新国王同意了，三兄弟被驱逐了出去。

三位王子只能在沙漠中悲惨游荡。经过长途跋涉后，他们在太阳下山时来到一座破败的磨坊。两位哥哥立即下马，准备在破旧的磨坊里过夜，但米尔扎恳求他们不要这样做。他说道："哥哥，父亲去世时告诫我们，万一叔叔篡夺了王位并放逐我们，绝不能在破旧的磨坊投宿，不能扎营在绿色的草地上，也不能前往黑山。我们得听从劝告，以免碰到更糟的事情。"

"闭嘴，胆小鬼！"两个哥哥说道，他们准备在磨坊投宿。大哥说道：

"我们放马去吃草吧。你们两人去睡，我来守夜。"

吃完饭后，两个弟弟上床睡觉，大哥开始守夜。米尔扎合上眼假装睡觉，眼睛睁开一条小缝，偷看大哥在做什么。观察了一会儿后，大哥也累了，入内睡觉。听着两个哥哥的打鼾声，米尔扎知道他们已经熟睡了。他起身，佩上魔剑，拿上弓箭，开始四处走动，帮他们守夜。半夜里，他看到远处的一道光越来越近，很快就惊恐地发现那是一头有着七个脑袋的巨龙，每个脑袋上都闪耀着一颗巨大的宝石。龙靠近他的哥哥们，就要吞噬他们时，米尔扎瞄准目标，一箭射中了龙的七个脑袋。怪物在地上舒展身体，嘶嘶地喘息。小伙子拔出魔剑，将龙砍成碎片，并把七颗宝石放入口袋。他守了一整夜，直到早上才假装入睡。次日，大哥醒来，轻推旁边的米尔扎，喊道："嘿，起来！你睡得还不够久吗？我整晚都在为你们守夜。"

三人起身，继续他们的征程，来到了一片绿草地。看到草地后，两个哥哥下马，准备搭帐篷过夜。尽管米尔扎再三恳求，提醒哥哥们听从父亲的劝告，他们却并不听劝。

"你真是个胆小鬼！"二哥叫道，"不必害怕，今晚我守夜。"于是，三人下马，将帐篷搭在草地上。二哥守到半夜后，就上床睡觉了。米尔扎假装入睡，听到二哥的打鼾声后，起身佩上魔剑，拿起弓箭守夜。很快，他看到某个东西正在接近帐篷。当这个东西越来越近时，他看出那是一个可怕的女巨人，一半嘴唇朝向天空，另一半嘴唇贴着地面。米尔扎马上躲在附近的沟渠中伏击，并用弓箭瞄准她，还自言自语道："如果她不伤害我的哥哥，我就不射箭。"

女巨人到达后，惊讶地发现有三个帐篷和三匹马，却只有两个人。她以为第三个人被野兽吞吃了。她走近两个熟睡的小伙子，在每人的耳朵上挂了一个睡环，说道："睡觉吧，直到我的七个儿子前来吞吃你们。"

米尔扎跟随她来到一块大石头前，那是一个地下洞穴的大门。她翻转石头，进入山洞，对她的儿子们大叫："起来，孩子们！我为你们找到了一顿美餐。去吃那两个人吧，记得给我留一块。"

米尔扎站在洞口，用魔剑接连砍下七个巨人的头，随后进入山洞，抓住女巨人："丑陋的女人！竟敢让儿子吞吃我的哥哥！和你的孩子一起去死吧！"说着，他砍下了女巨人的头。回来后，米尔扎发现哥哥们仍熟睡着。他从他们的耳朵上摘下睡环，天亮时再假装睡着。早上，二哥轻推米尔扎，喊道："嘿，起来！你要睡到中午吗？可怜下守了一整夜的我吧。"

他们起身，骑马来到了黑山，两个哥哥希望在那里扎营。米尔扎又开始恳求他们："至少这次，让我们听从父亲的劝告，不在这片蹊跷之地逗留，以避免又一次遇上灾难。"

"你真是个胆小鬼！"两个哥哥叫道，"在磨坊中投宿和在草地上扎营有什么危险呢？今晚轮到你守夜了，唠叨精。安静！我们今晚就在这里扎营，你一定要保持警惕。"

他们搭好了帐篷。饭后，两个哥哥很快就上床睡觉了。米尔扎握住魔剑，拿好弓箭，开始守夜。前半夜很安静。午夜过后，他坐下来想休息一会儿，由于前两个晚上都没有睡觉，他很快就睡着了。再睁开眼时，已临近破晓。他起身，沮丧地发现火已经熄灭了。这表明他睡着了，这让他觉得很丢脸。他不能再生火，因为打火石和铁都在哥哥们的口袋里。米尔扎跑到附近的山顶上，看见远处闪烁着光。他决心去取那里的余火，自己生火。在山顶上，他遇到了一位老人，正缠着一团黑线，他的旁边则有一团白线。

"前辈你好！"米尔扎说道。

"愿上帝的祝福降临在你身上！"老人回答。

"你是谁？这些线团是干吗的？"米尔扎问道。

"我是时间，"老人回答，"这些黑线代表黑夜，如你所见，已将近结束。黑夜结束后，就是破晓。之后，我就让这代表白天的白线从山上滚下来，直到中午完全展开。之后，我再将其缠绕起来，缠好就到了晚上。"

米尔扎从老人手中夺走黑色线团，将其从山上滚下来，完全展开，并说道："前辈，我希望今晚再漫长一些，因为我还有很多事要做。"

说着，他朝闪烁的光芒前进。到达后，米尔扎看到光来自山洞的壁炉，上面有一口带着四十个手柄的大锅，里面煮着七头牛，旁边睡着四十个巨人。小伙子走近壁炉，把锅放在一边，从底下取了一些余火，放好锅后就回去了。一个巨人碰巧醒来，目睹了小伙子的所作所为。米尔扎一离开，他就唤醒他的兄弟们，讲述了这个人的所作所为。四十个巨人都惊讶得咬住了嘴唇，米尔扎的勇气超越了四十个巨人团结起来的力量。他们马上决定与这个人成为伙伴。因此，巨人们追上小伙子，提议与他结为兄弟。小伙子同意了，他们结拜成兄弟，并交换了在需要时互相帮助的誓言。米尔扎回到营地，生好火后躺下打了个盹。那时，他的两个哥哥醒了，轻推他道："起来！我们今晚也一直观察动静，你还在睡吗？"

米尔扎一言不发。他们骑马来到了黑山之王的都城，在城外的草地上扎营。半夜里，米尔扎在营地周围守夜，看到巨人们在朝国王的宫殿行进。他们走近后，米尔扎认出这些是他的结拜兄弟，他们每人都拿着一个一人高的铁钉。

"祝你们成功！"米尔扎说道。

"很高兴见到你！"巨人们回答，"今晚来帮我们做事吧，这三个金苹果是给你的礼物。国王有三个女儿，我们已经找了七年，却还没有找到。这三个金苹果是为她们准备的，但如果你来帮忙，这三个金苹果就给你了。这些铁钉是用来爬墙的。"

愤怒涌上心头，但米尔扎小心地掩饰了自己的感情。

他最后说道："很好，今天晚上你们会成功的，但必须听我的。"

米尔扎骑在巨人的肩头上，跟着他们来到宫殿的墙角处。米尔扎用拇指将铁钉钉入墙壁，形成一排台阶，踏着这些台阶来到墙顶。随后，他让巨人们也跟着上来，在他们一个接一个上来时，米尔扎用魔剑砍下他们的头，将尸体扔在另一边的沟渠中。他又砍下了每个巨人的耳朵，将其放入口袋，并把巨人的头排列在墙上。之后，他跳下墙，进入了宫殿。在国王的寝宫里，他看到国王床头点着一只金色的蜡烛，床尾点着一只银色的蜡烛。米尔扎调换了蜡烛的位置，喝了国王床边上金色杯中的糖浆。出去时，他看到柱子后面有一头巨龙。米尔扎立即抽出匕首，刺死了巨龙，并将其钉在柱上。接着，他从枕头下拿了国王的匕首，放在腰带上。然后，他步入了三个少女的寝宫，喝了她们金杯中的糖浆，在每人的枕头上放了一个金苹果，将最大的少女许配给他的大哥，第二位少女许配给他的二哥，最小的少女许配给自己。他还在第三位少女的枕头上放了一条项链，项链上的七颗宝石正是他在破旧磨坊中杀掉巨龙后得到的。之后，他回到帐篷中，去睡觉了。

清晨来临时，城里发生了骚动，人们看到了被杀的四十个巨人的脑袋。信使奔向国王传达这个喜讯，他的四十个麻烦的敌人已全被杀死。国王已知晓宫殿内发生的事，感到非常惊奇。他的官员纷纷前来祝贺。于是，国王派使者宣告，做这些事的人，不论身份如何，必须现身。他能与三位公主中最漂亮的一位成婚，成为国王的女婿，而且国王愿意赏赐他任何他想要的东西。数千人出现在国王面前，自称是这位英雄，但无人能证明这一点。城里的所有人都被带到国王面前。之后国王下令，也召集了在野外扎营的陌生人。米尔扎假装生病，并没有前去。他的两个哥哥担心会因践踏国王的土地而被罚款，但明白召集的原因后，他们便开始夸耀自己的英雄事迹，但拿不出任何证据，只得羞愧地回去了。

"没有其他人了吗?"国王问道。

"没有其他人了，"侍从回答，"除了与这些人一起露营的一个生病的男孩。"

"把他带来。"国王命令道。

看到国王的侍从要强行带走自己，米尔扎站起来，跳上马背，来到国王面前。他把四十个巨人的耳朵摆在国土面前，诉说了自己是如何杀死巨人、调换蜡烛的位置、刺死龙，并将国王的女儿许配给他们三兄弟的。他将之前拿走的匕首还给国王，随后从柱上抽出自己的匕首，国王和官员之前试过，却都无法抽出。国王从宝座上站了起来，亲吻米尔扎的前额，惊呼道:"愿上天保佑你，值得敬仰的英雄!你是我心爱的女婿，在我死后，我的王位属于你。"

两个哥哥向米尔扎鞠躬道:"原谅我们的严厉。从此以后，你就是我们的老大，我们都听你的。"

之后，他们举行了四十天四十夜的盛大婚礼，三个公主就要嫁给三兄弟了。然而，在婚礼上，新娘们对新郎们说："你们这些软弱的人，配不上我们。你们认为杀死四十个巨人就是英雄吗？并非如此。我们有自己的爱人，他的胸上长着玫瑰和百合。如果你们是勇士，就去和我们的爱人——咆哮巨人决斗吧。要是你们能战胜他，我们就嫁给你们，否则免谈。"

第二天早上，米尔扎劝两个哥哥保持沉默，不要透露他们的秘密，以免成为笑柄。他向国王告别，说有重要的事情要做，将离开两个月。随后，他出发了，经过长途跋涉后来到了一座白色的城堡。一位美如皎月的少女正坐在窗前，做着针线活。看到小伙子，她对他说："人类，无论是天上的鸟，还是地上的蛇，都不能来这里！你为什么冒险而来？"

"是你的爱带我到了这里，美丽的少女。"小伙子回答。

"这是给你的食物，"少女从窗户里放下一个篮子，说道，"吃完就离开吧。这座城堡属于白巨人。趁他还没回来，你赶紧走吧，免得他吃掉你。"

"你是谁，美丽的少女？是谁把你带到这里的？"小伙子问道。

"我的父亲是印度国王。我们有三姐妹，但白巨人、红巨人和黑巨人把我们掳掠到这个荒凉的地方。我已经有七年没有见到人类了。"

米尔扎问她是否知道咆哮巨人的住所。

"你必须经过红巨人和黑巨人的地方，才能到那里。"少女回答道。

"再见！"米尔扎道。

"再见！"美丽的少女叹息着说道。

米尔扎继续前进。傍晚，他看见白巨人打猎回来。白巨人闻到人类的气味，看到米尔扎后惊呼道："我运气真好！我已经很久没有尝过人肉了。"说着，他开始袭击米尔扎，想要吞吃他。

"停下！"小伙子大叫着，准备好弓箭，"我不是这么好惹的。我叫米尔扎。迄今为止，我已经杀了四十八个巨人。你是第四十九个。"

他射出了箭，箭穿过巨人的心脏，将他钉在地上。米尔扎拔出魔剑，砍下巨人的头，带回到白色城堡，并对少女说道："美丽的公主，我杀了白巨人，以此来表示对你的爱。"

少女透过窗看到了这一切，欣喜若狂。她立即打开城堡的门，说："快进来，愿上天保佑你，你拯救我脱离了束缚！"

小伙子进去，那天晚上就住在了城堡里。早上离开时，他在少女的手上戴了一枚戒指，说道："现在你是我大哥的未婚妻了。打败其他巨人后，我会回来接你。"

之后，米尔扎向她告别。经过长途跋涉后，他来到了一座黑色的城堡，窗前坐着一位美丽的少女，她像之前的少女一样，给了小伙子一些食物。告别了她后，米尔扎遇见了黑巨人，他像之前一样杀死了黑巨人。他在城堡里过夜，第二天早上，在少女的手上戴了一枚戒指，将她许配给了二哥。经过又一次长途跋涉后，米尔扎来到了一座红色的城堡。一位美如皓日的少女正坐在窗前，做着针线活。小伙子第一眼就爱上了她，少女也对他一见钟情，并对他说："人类，看在上天的分上，小心红巨人！"

"我是特意前来和他决斗的，美丽的少女，"小伙子回答，"我已经杀死了白巨人和黑巨人，解救了你的两个姐姐。"

"但红巨人是个巫师，"少女说道，"一到海湾，他就会变成一个土丘，上面有个洞，会冒出烟雾和火焰，吞噬所有靠近的人。"

米尔扎还没和少女告别，红巨人突然出现了，挥舞着可怕的狼牙棒。

"啊哈！"巨人看到小伙子后大声喊道，"真是自动送上门的美餐。"

"来，让我们战斗吧，"小伙子说道，"看看是谁沦为食物！"他准备好了弓箭。

"矮小的人类！"巨人喊道，"你怎么与我对抗？"

说着，红巨人将狼牙棒扔向小伙子，小伙子抓住狼牙棒，叫道："我已经杀了五十个巨人，包括你的白巨人和黑巨人兄弟。米尔扎是我的大名。你觉得自己能逃脱我的手掌吗？"

红巨人听到米尔扎的大名后，非常害怕，立刻变为一个红色的土丘，上面冒出浓烟和火焰。小伙子马上跳上土丘，拔出魔剑，将其插入冒着浓烟的孔，开始迅速搅拌，巨人立刻死了。米尔扎随即跳下。瞧，土丘倒塌了！随后，米尔扎回到红色城堡，并叫来少女。

"少女，"米尔扎说，"为了表示对你的爱，我已将红巨人杀死。"

少女几乎欣喜若狂。她打开门，拥抱了米尔扎，叫道："英雄！你拯救了我。我的生命应归功于你。我还未嫁人。虽然不配做你的妻子，但愿上天让我成为你的女仆！"

小伙子在她的手指上戴上戒指，说道："美丽的少女，你是我的爱人，如果你爱我，就成为我的未婚妻吧。"

随后，小伙子问她咆哮巨人的住处。

"听我的劝告，不要去，"少女说道，"咆哮巨人是一位残酷的暴君，恐怕你去了就不能活着回来了。只有他自己的弓箭才能攻击他，谁会给你弓箭，让你攻击自己呢？这是不可能的。看在你爱我的分上，不要去，或者带我一起走，我和你生死与共。"少女开始抽泣。

"不，爱人，不要哭，"小伙子说道，"不管多么危险，我都必须前去。"

小伙子出发了。经过长途跋涉后，他来到了一座装饰着金银珠宝的宏伟城堡。那是咆哮巨人的城堡。小伙子到达时已将近傍晚。他马上像个仆人一样，在城堡周围洒水，把庭院打扫干净，随后躲在树丛后。不久，雷鸣般的声音从远处传来。咆哮巨人打猎回来了。听到咆哮巨人的声音，森林中的每只鸟和每头野兽都躲了起来。米尔扎毛发直立，意识到自己的任务是多么艰巨。巨人看到城堡周围的庭院被打扫得一尘不染，十分高兴，自言自语道："这肯定是人类干的，我必须找出是谁。有一个人类仆人真是一大幸事。"于是他喊道："你在哪儿，人类？你是谁？从你的藏身处出来。我不会伤害你，会给你想要的一切。"

米尔扎从藏身处跳了出来，站在咆哮巨人面前，谦卑地说："主人，我失去了同伴，偏离了方向。上天指引我来到你家。你愿意接受我作为你的仆人吗？"

巨人接受了他，小伙子十分勤奋，巨人感到非常高兴，十分器重他。一天，巨人和小伙子走进花园。五彩缤纷、芳香各异的玫瑰、紫罗兰和其他花朵盛开着。夜莺、天堂鸟以及其他鸟和野兽都在其中。在果园中间，一座喷泉涌出清澈的水，在悬垂的绿色植物间形成了一个池塘。整个花园就是一座天堂。

"把那些花盆拿来放在池塘周围，"巨人对小伙子说道，"将准备好的各种美食带到这里。这周的每一天都有客人要来，我们必须为此做好准备。"

小伙子做好一切准备，他预计前来的客人是之前的三个公主。在池塘附近有一棵树，巨人将弓箭挂在上面。小伙子拆下了弓箭。

"嘿！你在做什么？"巨人叫道。

"主人，我想拿布清洗它们。"小伙子回答。

不久，箭掉了下来。

"把它拿来。"巨人说着，把箭放在弓上，交给了小伙子。小伙子拿着弓箭往后退，似要将其挂起。他刚来到树边，就转向巨人，用弓箭瞄准他的心脏。

"天哪！"巨人惊呼。

"我是专门前来取走你的性命的，"米尔扎说道，"我是米尔扎，已经杀了五十一个巨人。你是第五十二个。"

飕的一声！箭飞来刺穿了咆哮巨人的心脏，将其钉在地上。巨人发出了最后一声吼叫，就彻底死去了。小伙子随即藏在池塘附近的一棵树后，继续观察情况。

很快，三只斑鸠拍打着翅膀从天而降，轻轻停在池塘的边上。这三只斑鸠一潜入水中，就变成了三个少女。小伙子发现她们正是三位公主。他没有出声。公主们穿上随身带来的人类服饰，去拥抱状似沉睡的咆哮巨人。但在看到他被箭刺穿心脏而死后，她们惊恐不已，跑回池塘，脱下衣服，跳入水中。就在那时，米尔扎上前，站在池塘边上。

"真是耻辱！"他大叫，"现在怎么样！你们见到爱人了吗？你们喜欢长在他胸上的玫瑰和百合吗？"

她们吓得一言不发，用手掩面。米尔扎从她们的裙摆上剪下了几块碎片，放她们走了。她们变为斑鸠，拍着翅膀带着衣裙飞走了。随后，米尔扎进入咆哮巨人的城堡，收集了所有金银珠宝，并将它们装载在四十只骆驼上。之后，他去接了自己和两个哥哥的三个未婚妻，并带走了红巨人、黑巨人和白巨人的财富。米尔扎骑马返程，再次来到黑山之王的都城。国王听说米尔扎带着无数财富回来后，在所有贵族的陪同下，马上前去城门口迎接他。他们见面后，米尔扎对国王说："除非你召集王国内的所有贵族和智者来审判你的三个女儿，否则我不会与你交谈。"

"什么！"国王叫道，"难道将少女送上法庭不可耻吗？"

"不，"小伙子说，"你的女儿们虚伪无耻，必须受到审判和惩罚，以此来警戒王国中的女人。如果你不按我的要求召开会议，我就离开这里，去其他地方。"

国王爱米尔扎如同爱自己的生命一般。因此，他下达命令，将国内的所有贵族和智者召集起来。三个公主被带到了法庭上。米尔扎讲述了自己的冒险经历，并将他从公主衣裙上剪下的碎片放在法官面前，这些碎片完全契合她们各自衣裙上缺失的部分。于是，一切都得到了证明，三个公主无法否认。法庭做出判决，并得到了国王的批准。随即，国王的三个女儿被绑在野马的尾巴上，三匹野马受到鞭打后，跑向旷野……

之后，国王收养了米尔扎带来的三个印度少女，并举办了四十天四十夜的婚礼，三个少女分别嫁给了三个兄弟。

三个苹果从天上掉落，一个给我，一个给讲故事的人，还有一个给听故事的人。

魔 戒

很久以前，有一个老妇人，她有个儿子。这位母亲总是劝告儿子不要伤人，也不要折磨或杀害任何动物，无论其多么惹人厌。由于家境贫困，小伙子每天都去林中，背回一捆柴卖掉，再用得到的两分钱给母亲和自己买面包。有一天，他看到几个男孩在折磨一只小猫，并以其惨叫为乐。

"为什么要折磨这只可怜的动物？"小伙子对男孩们说，"放他走吧。"

"把钱交出来，我们就放了他。"男孩们回答。

小伙子马上将当天卖柴所得的两分钱给了他们，并把小猫带回了家。那天晚上，母亲和小伙子只能饿着肚子睡了。第二天，小伙子带小猫去了森林。那天傍晚，小伙子的柴卖了四分钱。花两分钱买了面包之后，小伙子把剩下的两分钱装入口袋，返程回家。他又遇到了上次那群男孩，这回他们在折磨一只老鼠。小伙子把两分钱交给了男孩们，并带老鼠回了家。第三天，他救了一只小狗，并带他回了家。第四天，他救了一条小蛇，将他放入罐中带回家。第五天，小伙子带着这些动物去森林砍柴。正午时分，他坐在喷泉边吃午餐，并把食物分给动物们。小伙子把蛇从罐中放出来，但是这条蛇不愿离开他。他就分了蛇一片面包。一咬面包，突然，这条蛇就变成了一个英俊男孩，对小伙子说道：

"我是印度王之子；巫师劫持了我，将我变为蛇。只要有人亲手喂我面包，法术就会失效，我就能够再次化为人形。我从巫师的手中逃脱，来到这个村庄，希望有人亲手喂我吃面包。顽劣的孩子快要杀害我时，是你救了我。你不仅救了我的命，还将我从巫师的法术中解救了出来。现在让我来给你一些忠告吧。我回家后，我的父亲会很高兴，他会愿意将王国内最珍贵的宝物奖赏给你。当他让你挑选的时候，你要小心，只请求要他戴着的那枚戒指。那是一个魔戒，一旦你翻转其上的珠宝，就会出现两个精灵，他们会服从你的吩咐，为你带来想要的一切。"

小伙子陪伴这个男孩到了印度王的宫殿。国王看到自己的孩子，十分欣喜，激动不已。男孩告诉父亲所发生的一切，并介绍说小伙子是自己的救命恩人。

"说出你的心愿吧，"国王对小伙子说道，"你救了我的继承人，无论你要求什么，即使是王国的一半，我都会答应。"

"国王陛下万岁！"小伙子恭敬地说道，"我只求您手上的戒指。"

"我诅咒那个给你提出这个建议的人！"国王说道，"你所求的是我最珍贵的东西。不过既然我已允诺，就必须把它给你。"

这般说着，国王将戒指给了小伙子，并命人给他拿了很多金子。小伙子回到家，告诉母亲所发生的一切。

"既然如此，儿子，"母亲说道，"我去帮你求娶国王的女儿吧。"

小伙子同意了。年迈的母亲给自己买了一条新裙子，将自己精心打扮了一番，随后前往宫殿。

"你想要什么？"国王问。

"国王陛下万岁！"老妇人恭敬地说道，"我奉行上天的旨意，前来请求您将女儿许配给我儿子。"

"好，"国王说道，"但你的儿子有和我女儿嫁妆同等的财富吗？"

"当然，"老妇人回答，"您希望他有多少财富？"

"他必须有满满的黄金和一座恢宏的城堡。在从我宫殿到他城堡的路上，必须覆盖着柔软的毯子，两边绿树成荫。树下还有骑着雪白的马匹的骑士，从一端排到另一端。若他能做到这些，我就将女儿嫁给他；否则的话，就免谈。"

老妇人回家，告诉了小伙子国王的要求。小伙子翻转魔戒上的珠宝，哗啦，两个精灵双手交叉于胸前，现身在他眼前。

"许下汝之所愿，吾将即刻为汝效劳。"

小伙子命令他们按国王的要求做好准备。所有的一切在一夜之间全然就绪。第二天，国王见到城堡及其中的一切，十分满意，将女儿嫁给了小伙子。他们过着幸福快乐的生活，直到老妇人去世。

然而，有一个狡猾的犹太人，他听说了魔戒的神奇之处，迫切地想要得到它。于是，他装扮成小贩，在小伙子外出打猎时来到城堡，城堡里只有公主一人。她开了门，来看小贩的商品。

"我贩卖精美的女士物品，"这个狡猾的犹太人说道，"我不是为了卖钱，而是为了给女士方便，您可以用戒指之类的旧珠宝来交换。每个女士肯定都有旧戒指，可以用来换取这些精美的物品。"

"我看看家里有没有戒指，可以换取你的商品。"公主说道。

她进入城堡内，拿来了魔戒，说：

"啊，我在丈夫的东西里找到了这个，应该可以交换吧。"

这个犹太人用一些不值钱的东西，换得了珍贵的魔戒。一戴上魔戒，翻转珠宝，哗啦，两个精灵就出现在了眼前，准备执行他的吩咐。

"我希望你们带着我和这座城堡去七海之岛，并将城堡原先的主人扔进深不可测的海里。"刚一说完，城堡、公主和这个狡猾的犹太人就被运到了七海之岛。随后，精灵们抓住了小伙子，准备将他扔进深不可测的海里。然而，出于对原先主人的怜悯，他们只是将他丢弃在了岸边的荒野。对小伙子来说，这是十分可怕的经历。他跋涉了很久，终于到达一位渔夫的小屋。渔夫收他为学徒，悉心照顾并指导他。

*　　　*　　　*

我们再来看看那些动物吧。了解到主人的不幸遭遇后，小猫、小狗和老鼠决心前往七海之岛，从犹太人手中拿回魔戒，交还给主人。他们感知到主人已成为渔夫的学徒。这些动物马上启程，很快来到了海边。小狗涉入水中，小猫坐在他的脖颈上，老鼠又骑在小猫的背上。小狗开始游了起来，他的泳技可以算是水中好手。

"希望我们的重量不会让你沉下去，小狗兄弟。"小猫和老鼠说道。

"汪汪!"小狗自豪地说,"你们就像羽毛一样轻,别担心我会沉下去!你们才要小心,别被我呼出的风给吹跑了。"

说着,小狗伸出了自己的长舌头。最终,动物们来到了七海之岛,他们看到了主人的城堡。夜里,小狗站在墙角,小猫带着背上的老鼠向上攀爬,来到窗口。由于窗户关着,老鼠开始大显身手。他用尖细的牙咬坏木板,开了一个足够让自己钻进去的小孔。进入之后,老鼠四处寻找魔戒,却没有找到。那个犹太人正熟睡着。

"看一下犹太人的手指。"小猫在外小声说。

但是那里也没有。

"看一下他的嘴巴。"小猫又小声说道。

老鼠仔细查看了一番。啊!戒指原来在犹太人的口中。可是怎么拿回它呢?老鼠看到犹太人将鼻烟壶放在床边。他先跑到地窖,将醋沾在尾巴上,随后回来,将尾巴塞进鼻烟壶中。这样重复几次后,老鼠的尾巴上就沾了醋和鼻烟。接着,老鼠又来到熟睡的犹太人那里,越过他的胡子,将尾巴尽可能地深入他的鼻子。

犹太人开始用力打喷嚏。瞧,魔戒从他口中飞了出来。老鼠欢叫了一声,从地上抓过戒指,一眨眼就钻进小孔消失了。犹太人马上起来,点了一支蜡烛开始找戒指。一时找不到,他就想着明早再找,于是回去睡觉了。老鼠和小猫从墙上下来,回到了等得望眼欲穿的小狗身边。小狗再次涉入水中，小猫坐在小狗背上，老鼠靠在小猫背上。他们决定将魔戒放在小猫口中。这时，动物们开始游向对岸，小伙子还在对岸呢。他们穿过七海，安然靠近岸边。一见到陆地和主人所在的小屋，小狗对同伴说：

"我游泳载你们过海，但你们却拿着魔戒。你们将戒指交给主人，主人会夸奖你们；而我完成了最艰难的工作，却不会有任何功劳。不应该这样，在上岸前，你们必须把魔戒放在我的口中。"

"小狗兄弟，"小猫说道，"你现在已经累了，看你这一直张口伸舌头的样子。如果将魔戒放在你的口中，我们担心它会掉进海里。一到岸边，我们就把魔戒给你，你可以把它交给主人。"

"不行，"小狗说道，"必须现在给我，否则我就将你们扔进海里。"

说着，小狗开始晃动身体，威胁要把他们淹死。无奈之下，小猫将戒指放入了小狗的口中，但是他一刻都不能合上嘴。小狗张开嘴，伸出舌头开始喘气。呼啦！魔戒掉入了海中。动物们来到岸边，都十分激动。老鼠和小猫打了小狗一顿，小狗的尾巴垂落到腿后，仿佛也在认错，但他不得不抵挡小猫的利爪和老鼠的尖牙。动物们在沙滩上争吵打闹翻滚着，来到了渔夫的小屋。出于对动物的善意，小伙子将这些打架的动物分开。呀，原来是自己的朋友！看到小伙子，动物们向他致敬，但接着又开始打了起来，这回打得更激烈了。小伙子觉得不能放任他们这样下去，于是用三根绳子将他们分别绑了起来。他给动物们喂水和食物，试图平息他们的怒气。第二天，小伙子打捞到满满一网鱼，准备去市场上售卖，其中有一条大鱼。小伙子一握住鱼，动物们就激动不已。小狗汪汪叫，小猫喵喵叫，老鼠吱吱叫，都试图挣脱绳索。小伙子刚把鱼切开，老鼠就咬断了绳索，钻进鱼肚里，眨眼间就含着魔戒钻了出来。原来是这条鱼吞下了魔戒。老鼠跳上主人的大腿，呈上了戒指。看到这景象，小伙子理解了动物们激动的原因。他解开绳索，亲吻了三只动物，感谢他们如此勇敢。随后，小伙子翻转珠宝。哗啦！两位精灵出现了。

"我希望城堡能恢复原位，我回到城堡，犹太人被扔进深不可测的海里。"小伙子说道。

他刚一说完，自己和动物朋友们就回到了城堡内，旁边还有他的妻子。犹太人被扔进了深不可测的海里，不断下沉，却无法触及海底。邪恶的人得到了惩罚，善良的人实现了愿望。愿上天保佑所有人都坚守善良，实现愿望！

三个苹果从天上掉落，一个给我，一个给讲故事的人，还有一个给听故事的人。

双胞胎

在春天，一位国王将帐篷搭在一个茂密的草地上，周围绿树成荫，泉水汩汩。从村里走来了三姐妹，她们都是适婚年龄的少女，她们前来采摘鲜花和蔬菜。中午时分，她们坐在离国王帐篷不远的清澈溪流岸边，开始闲聊。

"如果国王将我嫁给他的长子，"第一位少女说道，"我会为他编织一顶大帐篷，大到足以容纳他的军队，还剩一半空间。"

"如果国王将我嫁给他的第二个儿子，"第二位少女说道，"我会为他编织一块地毯，大到足以容纳他的人民，还剩一半空间。"

"我不会吹牛。"最小的妹妹说道，"但如果国王将我嫁给他的小儿子，并让上天满意的话，我会生一对双胞胎，一个银发男孩和一个金发女孩。"

两位姐姐开始嘲笑妹妹。国王在挂毯后听到了她们的谈话，他对这些少女十分满意，并将三人分别嫁给了自己的三个儿子。一天，他问大儿媳："你要编织的帐篷在哪里？"

她回答道："那只是我们姐妹的玩笑话罢了。"

"你要织的地毯在哪里？"国王问二儿媳。

她回答道："那只是闲聊罢了。"

"你的双胞胎在哪里？"国王问最小的儿媳。

她回答道："如果上天满意，时机成熟后他们就会出生。"

两位姐姐十分嫉妒妹妹，发誓要报复她，因为她享有王宫中所有人的宠爱和关怀。一天夜里，妹妹生下了曾应许的银发男孩和金发女孩。两位嫉妒的姐姐立即把婴儿抢走，放入一个箱子中，并丢入河里。她们将一对幼犬放在妹妹的床边，随后去找小王子，并告诉他，他心爱的妻子生了两只小狗。小王子惊恐万状，国王则勃然大怒。他命令仆人将这名年轻女子包裹在骆驼皮中，放到宫殿门口的拐角处，每个进入宫殿的人都可以唾弃她，因为她的卑劣行为令之前喜爱她的人蒙羞。这一命令马上得到了执行。

碰巧的是，有一对老夫妇生活在城郊河边的小屋里。老人每天都把网撒到河里，抓两条鱼，一条给自己，一条给妻子。那天他撒网捕鱼时，呀，拉出了一个箱子！他把箱子带回小屋，打开后发现里面有一对漂亮的婴儿。银发男孩把他的拇指放入金发女孩的口中，而金发女孩则把她的拇指放入银发男孩的口中。他们互相吮吸拇指，一点也没有哭闹。老夫妇高兴地看着他们，说道：

"感谢上天！我们还没有孩子。瞧！上天现在赐给了我们双胞胎。"

老妇人给婴儿洗了澡，呀，黄金和白银从他们的头发上掉落！她对丈夫说道："现在，老头子，把这些金银带到集市上买一头奶牛，我们可以用牛奶喂养婴儿。"

老人用金银不仅买了一头奶牛，还买了双胞胎所需的许多其他东西。尽管生活在简陋的小屋中，但他们精心抚养两个孩子。孩子们很快长大，成为这对老夫妇的极大安慰。男孩长成了勇敢的小伙子，成为一名猎人，而女孩长成了美丽聪明的少女。随着年岁渐长，老夫妇在孩子还小的时候就去世了。女孩曾听老妇人说过，他们是从河里被捞上来的，而宫殿门口被唾弃的女人是他们的母亲，国王的两个儿媳通过诡诈的手段陷害她。在恩人去世后，两兄妹仍旧住在小屋里。小伙子外出打猎，而少女则经常去宫殿见母亲。但想起已故养母的劝告，她没有暴露自己的身份，以免有何不测。她逐渐了解了王宫里发生的所有事情。一天，小伙子打猎时，抓住了一头上好的羚羊。

"这可以让国王享用。"小伙子想着，将羚羊带到了宫殿。国王十分高兴。又有一次，小伙子射中了一头狮子，并将狮子皮献给国王。国王对他说道："你真行，小猎人！明天你再来宫殿一次，我要在部下面前表扬你。"

小伙子回到家，告诉了妹妹国王邀请他去宫殿的事。

"好！"少女说道，"带上这个花束。进入国王的宫殿时，你会在角落里看到一个裹着骆驼皮的女人，她的腰部之下都埋在尘土中。所有进门的人都唾弃她。看在我的面子上，你在经过时一定要把这束玫瑰扔给她。"

"好的，"小伙子说道。第二天，他进入宫殿时，把一束玫瑰花扔给了被唾弃的女人。国王和大臣都十分喜欢他。他的男子气概和机智聪慧令人钦佩不已。但国王的两个儿媳对小伙子非常不满，因为他把玫瑰花扔给了她们的妹妹，而不是唾弃她。她们认为小伙子的心底藏着什么秘密，就互相商量道："我们要设法摆脱这个小鬼，以免泄露我们的秘密。"

由于这两个儿媳在国王面前和宫廷中很有影响力，

她们向国王建议道："国王万岁！这个小伙子是狩猎高手，给您带来了狮子皮，但光有一张狮子皮还不够。让他再献十二张狮子皮来装饰新宫殿吧。"

国王赞同这个提议，让小伙子再献上十二张狮子皮。小伙子回家后告诉了妹妹，妹妹对他说道：

"哥哥，我们的养母去世前告诉我，我们有一位姨母生活在黑山的岩石中。万一宫廷强加一些艰巨的任务，我们可以去找她，她很乐意帮助我们。你先去找她，她会告诉你如何猎到十二只狮子。"

小伙子启程前往黑山。在一个深邃的洞穴中，他看到一位静坐的老仙女。于是，小伙子跑向她，并立即亲吻她的手。

"嘿！"老妇人大声喊道，"是你吗，双胞胎中的银发哥哥？"

"是的，姨母，是我。"小伙子回答道。

"你的金发妹妹怎么样？"仙女问道。

"她希望恭敬地亲吻您的双手。"小伙子说道。

"孩子，你到这里来做什么？"仙女问道。

"国王希望我献上十二张狮子皮。"小伙子回答道。

"来，躲在我的围裙下，直到你的四十位表哥回来。"老妇人说着，将小伙子藏在裙子的褶皱里。

不久，老妇人的儿子——四十位仙子回来了。闻到小伙子的味道，他们叫道："呀，母亲！您今天为我们准备了一顿人肉吗?"

"不，儿子，"老妇人回答道，"要是你们吃了自己的人类表弟，就太残酷不仁了。"

"他在哪里呢，母亲?"四十位仙子问道，"我们不会伤害他，只是想和他交流。"

小伙子从仙女姨母的裙子下出来。四十位表哥非常喜爱他，并轮流亲吻他。随后，他们问起了小伙子的差事，了解情况后说道:"没什么，表弟，我们把现在的十二张狮子皮被褥给你，我们明天再换新的被褥好了。"

仙子们将狮子皮送给小伙子，让他献给国王，还给了他一顶帐篷，作为给金发少女的礼物。小伙子回到家，把帐篷交给他的妹妹，并将狮子皮献给国王，国王对此非常满意。但两个坏女人更加不安，她们建议国王派小伙子去取七对象牙，以便用象牙装饰新宫殿。国王并不知道她们希望除去小伙子，就派他去取象牙。小伙子再次前往仙子表兄那里，诉说了自己的差事。

"表弟，"四十位表哥说道，"我们可以给你带来七对象牙，但你必须给我们一把锯子，以及七匹马运载的七年陈酒。"

小伙子回到城里，买了锯子和足量的七年陈酒，装在七匹马上，带给仙子们，仙子们将其带到大象的饮水处。他们清空池中的水，灌满陈酒。到了晚上，大象前来喝水，它没有发现水变成了酒，很快就醉醺醺地倒下，失去了知觉。于是，仙子们将象牙交给了小伙子。除此之外，他们还给了他一块地毯，作为给金发少女的礼物。小伙子回到家，把地毯交给妹妹，并将象牙献给国王，国王对此十分满意。但国王的两个儿媳对小伙子的成就愤愤不平，又向国王提议道：

"国王万岁！新的宫殿装饰有狮子皮和象牙，十分富丽堂皇，但还有一个不足，就是缺少一位美丽的女主人。印度王的女儿得住在这里。她的美貌无与伦比。您的小儿子还没有妻子，公主可以成为他的妻子。让小伙子去将公主带来吧。"

国王被说服了，派小伙子前去迎接公主。小伙子再次前往仙子表哥那里，他们绑来了印度王的女儿，把她交给小伙子，还给了他一张可以自动变出美味的桌子作为礼物。小伙子对公主一见钟情，公主也爱上了小伙子。但因他曾经许诺过，要将公主带给国王，他还是照做了。国王命他将少女带到新的宫殿，并邀请英勇的小伙子参加宫廷宴会。两个邪恶的女人见无法除去小伙子，勃然大怒。小伙子回家后，告诉妹妹国王邀请他参加第二天的宴会。

"哥哥，"少女说道，"你明天去国王的宫殿时，带上你的猎犬。让它走在前面，你只走它走过的地方。吃饭时，也要先把肉喂给你的狗，若它没有大碍，你再品尝。如果狗死了，千万不要吃东西，以免你也中毒。"

第二天，小伙子遵照少女的建议，让狗走在前面。先行的狗让他看到了门槛下面的一个深坑，并成功躲避。进入宫殿时，他把妹妹送给他的花束扔给埋在尘埃中的女人。在桌上用餐时，小伙子给狗喂了一块食物。呀，它当即就死了！于是，小伙子推托道："我今天不饿，在来之前就已经吃过了。"

尽管国王的两个儿媳再三劝说，小伙子仍拒绝碰任何食物。随后，在向国王禀告时，他请求国王陛下接受邀请，与宫廷里的所有人一起光临他家共进晚餐。国王被小伙子的风采所折服，就接受了他的邀请。晚上，小伙子回到家，向妹妹诉说了所发生的事。

"你知道是谁在门槛下挖了坑吗？"少女问道。

"是谁？"小伙子问道。

"国王的两个儿媳，"少女说道，"她们想让你掉入坑中，并杀害你。"

"但她们是如此友好和礼貌。"小伙子疑惑地说道。

"你知道狗为什么死吗？"少女问道。

"为什么？"小伙子问道。

"国王的两个儿媳为了杀死你，在食物中下了毒。"少女说道。

"奇怪！"小伙子喊道，"我对她们做了什么？"

"你知道埋在尘埃中、接受别人唾弃的那个女人是谁吗？"少女问道。

"哦，她的命运太惨了！看在上天的分上，告诉我她是谁。"小伙子说道。

"她是我们的母亲，是赋予我们生命的人。"她说道。

"怎么会！怎么会！"小伙子焦躁地叫道。

少女告诉了他一切，残忍的姨母们正是因为想要除去他，才说服国王让他去办危险的差事。随后，兄妹俩商量明天如何招待国王。他们先搭起了仙子送来的帐篷。瞧！帐篷是如此之大，足以招待整个王国的人。之后他们铺开地毯。瞧！地毯和帐篷一样大。最后，他们将许愿桌放在中间，这张桌子可以变出人们想要的各种食物。第二天，国王带着宫廷中的所有人来到了这里。看到帐篷后，国王自言自语道："啊！这是我大儿媳吹嘘过要编织的帐篷。"

进去之后，他看到了一张巨大的地毯，自言自语道："这是我二儿媳吹嘘过要编织的地毯。"

所有人都得到了招待，还有空间可以容纳更多人。国王陷入沉思。许愿桌上的食物种类繁多，美味可口，国王十分高兴。当宴会结束时，国王当着所有人的面对两兄妹说："无论你们想要什么，我都会满足你们，即便是我王国的一半。"

"还有比父母更珍贵的东西吗？"两兄妹说道，"伟大的国王，请赐予我们父母。"

"尽管身为国王，但我也是凡人。凡人怎能让你们已故的父母复活呢?"国王说道。

"既然您相信人可以生下狗,"两兄妹说道,"为什么不相信凡人能让已故的父母复活呢?如果前一个假设是真的,后一个假设肯定也是真的。"

天空中突然劈下的雷都比不上这些话让国王的两个儿媳恐惧不已。

"你是什么意思?"国王颤抖着说道。

两兄妹向他讲述了自己的故事,最后,小伙子摘下帽子,露出银色的头发。少女脱下头饰,让金发垂落。国王拥抱了自己的孙子孙女,喜极而泣。之后,兄妹俩拥抱了父亲,以及受尽委屈的母亲。他们的母亲马上免受惩罚。国王立即下令,将炉子加热到平常的七倍,两个邪恶的女人被扔进火中。之后,小伙子迎娶了自己带到王宫的印度王之女,并举行了四十天四十夜的婚礼。

上天惩恶扬善,赏罚分明。

三个苹果从天上掉落,一个给我,一个给讲故事的人,还有一个给听故事的人。

傻 瓜

很久以前，有一个人从父亲那里继承了很多财富，却过着不规律、不明智的生活，在短时间内挥霍完了所有的钱，连一分都没剩下。之后他坐下，双手交叉在胸前，为自己的不幸境况叹气。他父亲的朋友们围坐着安慰他。其中一位博学老者对他说："孩子，你冒犯了运气，它已经逃离你了。你还是去追逐自己的运气吧。要是找到运气并与它和解，你就能像之前一样幸运。"

这个人立即启程，跋山涉水前去寻找运气。一天晚上，他在梦中看到自己的运气和他本人一样，脸着地摔倒在高山上，一直叹息着捶打胸膛。次日，他起身继续前往那座山。在途中，他遇到了坐在路边土丘上的仙狮。

"不要害怕，人类，继续前进。"狮子说道。当那人走近时，狮子问道："你要去哪里?"

"我要去找我的运气。"那人说道。

"好!"狮子说，"你的运气非常睿智，请你问问它怎样才能治好我的病，我已经生了七年病。如果你找到了解药，我会奖赏你的。"

"好的。"那人说着，继续前进。不久，他来到了一个满是各种水果的漂亮果园。他摘了一些水果，吃了起来。然而，这些水果都很苦。随即园丁来了，问他要去哪里。

"我要去找我的运气。"那人说道。

"记得问你的运气，"园丁说道，"怎样才能解救我的果园。我嫁接植物，却是徒劳。我砍掉老树种下新树，仍是徒劳。如果你的运气能够给出解决方法，我将给你丰厚回报。"

那人答应去请教他的运气，之后继续前进。不久，他来到了一座宏伟的城堡，这座城堡唯一的居民是一位美丽的少女。

"你是谁?"看到男人后少女问道，"为什么来这里?"

男人讲述了自己的经历。

少女说："你知道，我有这座宏伟的城堡，以及无数的财产。但忧伤日夜在我心中蔓延，我一生都在叹息。记得替我请教你的运气，如果你能告诉我幸福的秘诀，我保证会给你丰厚的奖赏。"

那人答应后，继续前进，一直走到运气摔倒的那个山顶。他描述了自己的不幸状况，并倾吐了所有的不满。运气专心聆听后，说道："既然你已跋山涉水前来寻我，那么一切都还算不错。"

之后，那人向运气请教自己答应询问的事情，并得到了答复。

"现在你不跟我一起吗?"那人问道。

"你先走，"运气说，"我会跟在你后面。"

于是，那人回来了。回程时，他首先遇到了少女，并说道："只要你嫁给自己所选的年轻人，你的悲伤就会消失，你会幸福的。"

之后，他遇到了园丁，说道："你用来灌溉果园的泉水中有金矿，植物吸收了金子的微粒后，果实苦涩。你可以用其他泉水灌溉果园，或取走泉水中的金矿。这样，你的果实才会变甜。"

之后，他遇到了仙狮，告诉了他自己和运气会面的过程，以及带给少女和园丁的信息。

"那位少女给了你什么礼物?"狮子问道。

男人回答道："她说，她爱上了我并向我求婚，但我拒绝了。"

"园丁给了你什么回报呢?"狮子问道。

"他取走了泉水中的金矿，"男人回答，"提炼了能够满载一匹马的黄金。他把黄金都给了我，但我拒绝了，我不想给自己添麻烦，不想背负这么重的东西。"

"那你的运气提出了什么方法来医治我的病呢?"狮子问道。

男人回答："他说，只要你吞吃一个傻瓜的脑袋，病就会好了。"

　　狮子看着男人的脸，说道："天哪！世界上再也找不到比你更傻的傻瓜了。"狮子用爪击中他的脑袋，一口吞下，傻瓜就死了。

　　记住这个故事的寓意，时间永远不会成为愚人的朋友。

小王子和无敌巨人

很久以前，一位国王有七个儿子。每位王子成年时，父亲就派他远征，让他展现自己的英勇，并迎娶自己所爱的少女。六个王子娶了妻子，但只有上天知道他们是否表现出了真正的英勇。现在轮到第七个儿子贝迪克①了。国王给了他一匹闪电马、一把魔剑和一支弓箭，说道："去吧，我的儿子，愿上天赐你好运。"

贝迪克启程，周游了世界，拜访了黑暗之地、光明之地、精灵之地和巨人之地。他和途中遇到的人类、野兽、精灵及其他各种生物战斗，攻无不克，战无不胜。

---

① 贝迪克在亚美尼亚语中意为"小王子"。

但在战斗中，他失去了所有仆人和财产。一天，他孤身一人来到一座大理石建成的宏伟的城堡，城堡上装饰有金银珠宝，周围环绕着果园和花园。他在城堡周围走动，凝视各处，但没有见到人的踪影。他躲在树丛后面，一直在等候。到了傍晚，一个身穿盔甲的巨人过来了，挥舞着重型钢制成的弓箭。他走动时，大地都在颤抖。来到城堡附近时，巨人意识到有人在那里，惊叫道："啊哈！我闻到了人类的味道。我去山中打猎。瞧，猎物来到了我家！嘿！人类，出来吧，否则我就吃了你。"

小伙子从藏身之处看着巨人，这是他见过的最奇怪的生物。魔剑和弓箭都不能刺穿他。尽管如此，小伙子还是决定勇敢面对巨人，他从树丛后出来，站在巨人面前。

"你是谁？"巨人问道，"天上的飞鸟和地上的蛇都无法靠近我的城堡。你怎么会来这里？难道你没有听说过无敌巨人吗？"

小伙子勇敢地说："听说过，我的名声不亚于你。我是贝迪克，周游全世界，我听说了你的名字，特意来和你用剑较量。"

巨人凝视了小伙子片刻，突然开始打喷嚏。鼻腔喷出的气流让小伙子往外跳了好远。

"你好！"巨人笑着叫道，"你似乎不能与我好好地战斗，不是吗？过来，不要害怕，我不会伤害你。我听说过你，你是一个勇敢的小家伙。但你并不能伤害我，因为我刀枪不入。来吧，做我的仆人，我需要一个熟练的仆人，再也找不到比你更合适的人了。带上你的魔剑和弓箭。它们无法刺穿我，我们可以用它们来打猎。"

小伙子同意了，他们一起生活了一段时间。一天，巨人对小伙子说："你知道我长生不老，但我却日夜焦虑。东方国王有一个女儿，她的美貌无与伦比。我七次涉险想将她带走，却都以失败告终。如果你能把她带到这里，我会给你丰厚的奖励。"

"我会带她来的。"小伙子说道。

"你能用你的灵魂发誓吗?"巨人问道。

"我愿意。"小伙子说着，就立即出发了。

经过长途跋涉后，他来到了东方之国，打扮成一个农村男孩，并成为国王园丁的学徒。他看到国王的女儿坐在窗前，做着针线活。她是如此美丽，甚至盖过太阳的光辉。小伙子爱上了她，开始后悔自己曾郑重承诺将她带给巨人。一天，趁国王不在，小伙子脱下不起眼的衣服，换上王子的着装，骑着闪电马来到国王的花园中。少女正从窗户远眺，看见了他。她从未见过如此完美的年轻人，一下子就爱上了他。第二天，她派了两名侍女到小伙子那里，向他表白自己的爱。小伙子诉说了自己的身份，讲述了自己如何仰慕公主的美貌，并愿意为她做任何事。巨人每年都会攻城，想要带走公主，由于担心无敌巨人的袭击，国王命人用高墙包围了这座城市。这座城市的人民英勇奋战，成功保卫了公主。一天，公主通过侍女向小伙子传达了以下消息：

"明天就是纳瓦萨德①的盛宴，城里的所有少女都会出去游玩，但我不能出去，因为无敌巨人每年都会在这时进攻。我会去河边的花园，那里有高墙包围。我会在那里等你展现你的英勇。"

收到消息后的第二天，小伙子穿上王子的着装，佩上他的魔剑，带着弓箭骑上了闪电马。他在高墙附近试跑了一两次，直到闪电马仿若有翅膀般开始驰骋。小伙子一挥马鞭，瞧，马像老鹰一样跃过了墙！很快，小伙子和马就来到了花园中央。一眨眼的工夫，小伙子搂过少女的腰，将她放在马鞍上，他又挥了一下鞭子，闪电马跃过花园的墙，他们很快就出了城，像闪电一样疾驰。侍女们惊恐万状，以为是飓风带走了公主。等她们回过神来，已经过了很长时间。随后她们向国王禀报了此事，国王派出最勇敢的骑兵追捕逃犯，但为时已晚。马背上的两人已经穿过山脉和山谷，到达了深河的边界。小伙子鞭打了一下闪电马，它立即蹚过深水，出现在河的另一侧。国王的骑兵们来到河边，看到两人在对岸，只能无功而返。少女和年轻人渡过河，无敌巨人的

---

① 纳瓦萨德是亚美尼亚新年，在每年的 8 月 23 日。

城堡出现在远方，少女对小伙子说道："亲爱的贝迪克，我们已经走到了现在，你还没有对我说过一句话，没有表现出爱的迹象。看在上天的分上，告诉我，你是为自己还是其他人才带我走的？"

小伙子回答："既然你说'看在上天的分上'，我就告诉你实话吧。我是为无敌巨人带走你的，我发过誓，要把你交给他。"

"唉！"少女叫道，"愿上天的诅咒降临到无敌巨人身上！就算他得到全世界，也无法得到我。你不认为自己是靠才能和英勇赢得我的吗？女人太悲哀了！少女是芳心的奴隶。我是为你，只是为你而私奔。如果你拒绝我，这里有深水和悬崖，我宁愿沦为鱼和鸟的食物。愿上天的火灼烧并吞噬男人的冷酷心肠！"少女说着，准备纵身跳入深渊。小伙子的心像火炉一样灼烧，他紧紧抓住少女，哭道："不，亲爱的，不要伤害自己。因为我曾用灵魂起誓，要把你带给巨人。当你成为他妻子的那一天，我会用这把剑终结我的生命，因为没有你，活着对我来说就是一个诅咒。"

随后，他们交换誓言，最后决定不惜用一切手段迅速了结巨人，然后成婚，因为如果没有消灭巨人，他们便无法成婚。随即，他们骑上马，向城堡进发。巨人从城堡的塔楼看到他们，立即下来迎接。他对小伙子表达了感谢，并向少女展现了十足的爱意，非常温柔地对待她，唯恐自己的野蛮举止伤害到她的感情。

"你喜欢这个地方吗？"巨人问道，"希望我做什么来让你高兴呢？"

"我很好，谢谢。你对我来说就是一切，"少女压抑着对他的仇恨，回答道，"但我父母同意将我送来时，有一个条件，我要保持处女之身七年。我已经起过誓，否则，他们对我的爱将变成毒药，会毁了我的一生。你接受这个条件吗？"

"我接受，"巨人说，"如今你在我的手中，我不仅愿意等待七年，必要时甚至愿意等待七个七年。"

他们交换了庄重的誓言，并决定让贝迪克与他们同住。少女住在城堡的一个房间，小伙子和巨人则住在城堡的其他房间，三个人就这样相处了一段时间。但小伙子和少女十分不安。想杀掉巨人是不可能的，因为他刀枪不入。如果他们私奔，巨人肯定会追上来，巨人的愤怒会让他们无法逃脱。一天，巨人躺在床上，头枕在少女的膝上。少女对他说道："以前，你是如何独自生活的？刀剑袭来时，你是怎么做到刀枪不入的？你长生不死的秘密是什么？"

一开始，巨人不愿意透露，但少女再三恳求，并说道："如果你不告诉我，就是不爱我。直接告诉我你不爱我好了，我也不活了。"

巨人最后被说服了，就说出了自己的秘密："从这座城堡出发，走七天的路程就会来到一座白色的山，那里住着一头难以驯服的白色公牛，人和野兽都不敢靠近。每隔七天，它就会前往白山的山顶，那里的白色喷泉有七个白色大理石水池，它每次都会喝光水池中的水。公牛的腹中有一只白狐，而白狐的腹中有一只珍珠贝母制成的白盒。盒子里有七只白色麻雀。那是我的灵魂所在，是我的七个秘密。人们无法制服公牛，无法抓住狐狸，无法打开盒子，无法抓住麻雀。如果其中任何一个被抓住，其他动物就会逃脱。因此，我始终坚不可摧，刀枪不入，长生不死。"

少女将巨人的秘密告诉了贝迪克，并说道："我已经尽力了，剩下的事情就交给你了。"

几天后，小伙子佩上剑，拿着弓箭，向巨人告别，说自己要离开一个月。他启程后直接去了修道院，那里有七位明智的修道士，以其博学多才而闻名于世。在圣坛上履行宗教职责后，小伙子问修道士："如何征服坚不可摧的人，如何制服难以制服的野兽？"

他得到了这个答案："用女人征服男人，用酒制服野兽。"

第二天，小伙子让七匹马满载七年的陈酒，带它们去了白山。他抽出大理石水池中的水，在里面装满酒，并将喷泉水引向其他地方。他在附近挖了一条沟，躲起来屏息等待。七天快到时，白色公牛前来饮水，闻到酒的味道后，它害怕不已，一跃跳到七棵白杨树的高度，咆哮吼叫着往后跑。第二天，公牛回来了，由于口渴它就喝了酒。公牛跳跃了一两次，就跌倒在地，失去了知觉，轻易就被制服了。小伙子拔剑上前，砍下了公牛的头。

*　　　*　　　*

让我们将目光转回到巨人的城堡。今天就是七年之期的最后一天。巨人先去打猎，以便为婚宴增加珍贵的猎物。公牛跌倒并被制服后，巨人昏昏欲睡。小伙子一砍下公牛的头，巨人就头晕目眩，浑身颤抖。"啊！"巨人喊道，"有人杀死了白牛。这是我的错，我把秘密告诉了少女，她透露给了贝迪克或其他情人。公牛被杀死后，我也会死。我要杀了少女。她不适合我，为什么她要投入他人的怀抱呢？"说着，巨人跑向城堡。

贝迪克切开公牛的肚子，里面的狐狸也醉了，他砍下狐狸的头，鲜血从巨人的鼻孔喷涌而出。小伙子切开狐狸的肚子，得到了珍珠盒，将其放入温暖的血液中。盒子打开了，小伙子抓住了七只麻雀。巨人的嘴巴和耳朵开始流血，两个眼球像石榴一样突出眼窝。但他仍朝着城堡跑去，手握着剑，像发疯的野兽一样咆哮。少女恐惧万分，跑到了塔顶，决心自杀，她宁死也不肯落入巨人的手中。巨人刚抵达城堡门口，贝迪克就杀死了两只麻雀，巨人的两个膝盖断裂了。再有两只麻雀死后，巨人的两只手臂萎缩了。又有两只麻雀死后，巨人的心肺停止了跳动和呼吸。最后一只麻雀死后，巨人的头撞向城堡的门槛，头骨破裂，脑浆溢出。一团黑烟从他的口鼻中升起，他已彻底死了。贝迪克骑上闪电马疾驰回来。少女从塔楼上下来，他们互相拥抱，并决定去拜见少女的父母，庆祝他们的婚礼。两人带着巨人的所有财富，骑着闪电马向东方前行。

少女是东方国王的独生女，国王年岁渐长，没有继承者，因少女的离去而悲痛不已。少女失踪后的第二天，国王派仆人去找七位明智的修道士，向他们征求建议，并得到了这一信息："带走您女儿的英雄是一位王子。七年后，您的女儿仍然纯洁无瑕，将在他的陪伴下归来。"

国王焦急地等候了七年。在第七年的最后一天，国王和臣民已准备好迎接公主和英雄的归来。傍晚时分，国王和大臣们在七座塔楼上焦急地盼望着。太阳刚要下山，突然，一道闪电出现在西边的地平线上，转眼间，贝迪克和少女就骑马来到了城门口。民众热烈地欢迎他们，并引他们进入国王的宫殿。两人跪在国王面前，讲述了自己的经历。国王为他们祝福，并举行了四十天四十夜的婚礼。

他们实现了自己的愿望。愿天堂保佑你心想事成！

三个苹果从天上掉落，一个给我，一个给讲故事的人，还有一个给听故事的人。

蛇之友西蒙

蛇王生活在尼尼微和巴比伦间的一座巨塔的废墟中，统治着陆上和海中的蛇族。一天，国王的儿子——迪亚贝基尔省的总督写了一封信给他的父王，内容如下：

愿国王万岁！愿上天赐予你永生，阿门。愿你知晓你的儿媳和孙子去年夏天患病，医生建议他们前往亚拉腊山，在纯净的溪流中沐浴，并食用芬芳的花朵，才能立即痊愈。因此，她和孩子以及仆人来到亚拉腊山。我还写信给该省总督和亲王，请求他们帮忙照应。然而，在收到我的来信后，阿德巴达甘亲王并没有提供帮助，而是集结军队袭击王妃的队列。王妃的侍从英勇抵抗，亚拉腊山山脚下发生了一场血腥的战斗。毫无疑问，由于敌人人数众多，若没有牧羊人西蒙的帮助，王妃的队列会全线溃败。西蒙当时正在附近照料羊群，他拿

起武器，加入战斗，打败了阿德巴达甘亲王的
袭击，并救了你儿媳的生命，她才得以安然回
来。我的父亲，你可以看到，在人类中也有善
良的好人。我会惩罚阿德巴达甘亲王的邪恶行
径，但你仍有必要帮儿子奖赏西蒙这个高尚的
人，以你认为最好的方式。

蛇王收到这封信，拿了大量的黄金和珠宝，回到自
己的宫殿——阿勒颇和迪亚贝基尔之间的一座城堡废
墟。他派随从在公路上张望，让随从在牧羊人西蒙经过
时告知他。牧羊人西蒙受雇于一位家畜经销商，并与大
马士革和阿勒颇有较多生意往来，现在正前往阿勒颇。
他一靠近蛇王的宫殿，观望的随从就通知了主人，转眼
间，整个蛇群现身在公路附近。牧羊人西蒙感到头晕目
眩——头上的天空和脚下的土地似乎都在变化。他困惑
地站在那儿，而同伴们都已离开。他睁开眼睛。呀，自
己被大小不一、颜色各异的蛇包围着！金色的宝座上坐
着一条壮如大象的蛇，他的头上戴着镶满昂贵珠宝和钻
石的冠冕。其中一条蛇读了一篇文章，称赞牧羊人的善
良，他对蛇族的天然喜爱，以及对弱者和蒙冤者的英勇
捍卫。

国王说："高贵的人，这是给你的黄金和珠宝，你可
以随意取用。除此之外，如果你还有什么愿望，可以告

诉我，我会尽力满足你。"

西蒙将黄金和珠宝装满口袋后，说道："我希望能听懂所有动物的语言。"

"可以，"国王说，"但若你透露自己的所见所闻，就会死去。"

魔法消除了，蛇也消失了，牧羊人西蒙回到了亚拉腊山下的家中。途中，他听到动物在说话。呀，他们知道人类的所有秘密，还能预言将要发生的事！

有时，他会因听到的声音而发笑，有时又会恐惧得毛发直立。进入故乡后，呀，所有的狗、猫、鸡，甚至长腿鹳都在高呼："牧羊人西蒙回来了，他的口袋里装满了黄金和珠宝。"

西蒙回到家，把珍宝摆在妻子面前，妻子非常好奇，立即问他是在哪里获得这么多财富的。

西蒙回答："你只管用，但不要问。"

西蒙听到狗和鸡在谈论自家的秘密。有时他会发笑，有时则会生气。妻子注意到西蒙对动物的奇怪举止，就询问原因。西蒙不愿透露，但她一直哭着恳求。最后，在妻子的恳求下，他答应第二天告诉她一切。那天晚上，西蒙听到狗在跟公鸡说话，鸡正咯咯叫着带小鸡回窝。

"告诉我，公鸡，"狗问道，"既然主人已答应明天告诉妻子一切，你的笑声和叫声还有什么用呢？他会死去，人们会杀了你和我，并夺走主人所有的东西。"

"唉！破败得越早越好，"公鸡轻蔑地回答道，"我有四十位妻子，她们都顺从我。如果主人的智慧像财富一样多的话，他就不会在意妻子的好奇心，自己也不会死去，没有祸患会降临到我们身上。但现在他的确该死。"

听到这些话后，西蒙受到了启发。他举起棍子，对妻子说："你不能强迫我告诉你这个秘密。满足于你所拥有的，否则，老天在上，你会受到惩罚！"

女人感到很害怕，就不再询问了。从此以后，他们就过上了幸福的生活。

寡妇的儿子

从前，有一位国王，他有一个漂亮的女儿。女儿到适婚年龄时，国王派使者邀请国内的所有年轻人来到宫廷，供公主选择。在那一天，所有年轻人都经过公主的眼前，公主的手里拿着一个金苹果，若她喜欢某个人，就将苹果投给他。公主投了苹果，呀，它击中了一个寡妇的儿子！国王收到禀告后震怒，说道："这不可能，我们得再投一次。"

第二天，公主又投了苹果，苹果再次击中了那个寡妇的儿子。第三次的尝试结果也是一样。国王十分愤怒，将少女和小伙子都赶出了宫廷和皇城。小伙子带少女回到母亲的房子里，那是桥边的一间简陋小屋。寡妇见到少女，对儿子说道："我们的面包还不够自己吃。瞧，你又带来了一个少女！我们要如何过活呢？"

"不要生气，母亲，"少女谦卑地说，"我知道如何纺纱，我们肯定有办法谋生的。"

他们以这种方式生活了几个月。之后，他们决定让小伙子去其他国家赚钱。第二天，他们看到一个商人带着八十头驮着货物的骆驼，这些货物要运往阿拉伯。小伙子想在商人的商队中干活，商人接受了。于是，小伙子回家做准备。

"在出发之前，"妻子说道，"你先去那边的修道院，那里有一位明智的修道士，你可以请他给你一些好的建议，以备不时之需。"

小伙子照做了，老修道士给了他一些箴言。

第一句箴言是"最爱的人就是最美丽的"，第二句箴言是"耐心才会稳妥"，第三句箴言是"每次耐心等待都有好处"。

小伙子回到妻子那里，妻子说道："将这些明智的话记在脑中，你肯定会用到的。"

"再见！"年轻人说道。

"再见！"妻子说道。

小伙子离开了妻子。经过长途跋涉后，商队在阿拉伯附近的沙漠中扎营。在他们前面还有八十个商人组成的大商队在扎营。小伙子十分劳累，很快就睡着了。商

寡妇的儿子

队里还有许多人和动物，大家都十分口渴。那片沙漠中只有一口十分危险的井，所有下去取水的人都从未上来。夜里，小伙子被商队里一位使者的叫声惊醒了，使者宣布每位商人都给愿意下井去取水的人两块金币。小伙子想拿到这笔钱，就答应下去取水。他的主人担心他，并试图劝阻，但为时已晚。

"你是自愿下到那口危险的井的，"他的主人说道，"是生是死，都由你自己承担。如果你安然无恙地出来，我的一只骆驼和它背上的商品就归你。"

他们用绳子放小伙子下去。到达井底时，小伙子看到一条流动的淡水河，就喝水解了渴。他抬起眼睛，看到一个巨人坐在附近，两边各有一位少女，一位穿着彩色衣服，一位穿着白色衣服。

巨人喊道："人类，我问你一个问题。如果你回答正确的话，我就让你离开。如果没有答对，我就用武器杀了你，之前的许多人也是我杀的。这两位少女哪位美丽，哪位丑陋？"

小伙子想起了修道士的第一条箴言，说道："那个你最爱的人就是最美丽的。"

巨人跳了起来，亲吻小伙子的前额，说道："说得好，小伙子！你给出了唯一正确的答案，其他答案都是错的。"

之后，巨人问小伙子下来的原因，并说道："这口井有魔力，因此，我得给你一个安全通行证。带着这三个苹果，汲够水上去时，脚一离开地面，就扔一个苹果；到中间位置时，扔第二个苹果；到井口时，扔第三个苹果。这样，你就能安全地回去。"

巨人给了小伙子三颗石榴作为礼物，一颗白色，一颗绿色，一颗红色。小伙子把石榴放入口袋，在汲了足够的水后，发出信号让上面的人拉他上去。他遵照巨人的指示扔了三个苹果，并安全抵达了地面。商人们给了他八百枚金币，他的主人遵守承诺，给了他一头骆驼和骆驼背上的商品。小伙子对主人说，他想把一骆驼的商品和钱送到他的妻子那里。主人同意后，小伙子将石榴放入商品中，派人送到无花果树下的小屋。商人提拔了小伙子，让他负责骆驼队的商运。过了一段时间，商人去世了，他的妻子继续做生意。她喜欢小伙子，就收养他做儿子。于是，小伙子为商人及其妻子工作了二十年。一天，他的养母准许他去看望家人，于是小伙子踏上了征途。

*　　　　*　　　　*

我们先把小伙子放在一边，将目光转向他的家人。小伙子离开后过了几个月，他的妻子生了一个儿子。当一骆驼的商品、金钱和石榴送达时，寡妇和她的年轻儿媳都非常高兴。公主一看就知道石榴并非凡物，而是珍宝。但寡妇认为它们只是普通石榴，准备切开，并说道："愿上天保佑你，我的儿子，你还记得年迈的母亲，送来水果给她吃！"

儿媳从她手中抢过石榴，并将其放在抽屉中。老妇人遭到冒犯，咒骂儿媳，并回到隔壁的房间。儿媳跑到附近的商店，买了三个普通石榴，带给老妇人，说道："母亲，不要觉得遭到了冒犯，请原谅我的鲁莽行为。这些是给你买的石榴，你可以随意吃。"

于是，婆媳俩和好如初。公主给婆婆、自己和婴儿买了新衣服。她在婆婆的口袋里装满金币，切下其中一个珍宝石榴的一小片，放在昂贵的金色盒子中交给婆婆，说道："母亲，你现在去国王的宫殿，将金币作为礼物送给侍从，表明你想见国王，并把装有石榴片的金盒交给他。若国王问你想要什么，你就说这是送给他的礼物，你只想要盖有皇室印章的法令，有了这个法令你可以不受阻碍地做任何事。"

老妇人尽其所能地打扮自己，前往宫殿，按照公主的吩咐做了这些事。国王见到石榴切片状的珍宝后，立即召集宫廷的珠宝商为其定价。珠宝商仔细查看了石榴切片后，说道："没有人能为此定价。想象一下一个十五岁的小伙子尽全力朝天扔石头所能达到的高度。一堆那么高的黄金都无法与这枚珍宝的价值相比。"

国王知道国库中没有那么多黄金。

"你想知道这枚珍宝的价值，还是将其作为礼物送给国王？"国王问这位妇人。

"我要将它作为礼物送给陛下。"妇人回答道。

"你想要什么补偿呢？"国王问道。

老妇人照儿媳所教导的那样回答。皇室法令立即得到签署盖章，并被交给了老妇人，老妇人将法令带给了儿媳。公主一拿到皇室法令，便立即将三个石榴的切片送给世上的七个国王，获得了不可估量的报酬。随后，她把原来的简陋小屋改建成了一座光彩夺目的城堡，并用金银珠宝装饰城堡，这些珠宝能在夜间照亮整个城堡，使其像闪烁的晨星一样明亮。这座城堡的名声遍及世界各地，人们纷纷前来观赏它的辉煌。公主的父亲也来欣赏城堡，城堡里有许多美丽的事物，这些在他自己的宫殿中难以寻觅。他参观了整座城堡，深深叹了口气，说道："我希望自己的独生女没有离开，也能住在这座宏伟的城堡中！"

女儿在窗帘后听到了他说的话，也叹了口气。这时，公主的儿子已经是一个英俊机灵的小伙子了，正是他在新城堡中隆重招待国王的。国王非常喜欢这个小伙子，让他为自己效力。国王发现小伙子在处理一切事务时都表现出非凡的能力，十分满意，在不知道他是自己外孙的情况下将其提拔为军队指挥官。

金色少女：亚美尼亚民间故事

*　　　*　　　*

让我们将目光转向指挥官的父亲。回到故乡后，他立即前去寻找妻子，希望在梧桐树下找到低矮的小屋。但令他失望和惊讶的是，他发现了一座宏伟的城堡，这是他在二十年间所见过的最宏伟的城堡。之前的小屋荡然无存，只剩一棵无花果树，在过去的二十年间，这棵无花果树长得愈发高大。作为一个陌生人，他走进院子，走近他唯一熟悉的无花果树，并爬了上去。很快，他看到一个女人和指挥官来到门廊，彼此靠得很近。他认识那个女人，那是公主，他的妻子。在这二十年里，她似乎没有多大变化。但她为什么不在小屋，而在这个宏伟的城堡呢？指挥官又在那儿干什么？他心中充满了怀疑，拿出弓箭想要杀死他们两人。就在那一刻，他想起了修道士的第二句箴言——"耐心才会稳妥"，就没有动手。然而，在看到指挥官和妻子互相拥抱时，鲜血涌向他的大脑，他拿出弓箭准备射击，就在这时，他想起了修道士的第三句箴言——"每次耐心等待都有好处"，就没有射箭。他开始专注地听他们讲话，并听到指挥官问："母亲，我父亲还活着吗？他在哪儿？昨晚我梦到他回家了。"

于是，公主将之前保守的秘密全部告诉了指挥官。

"什么！"年轻的指挥官喊道，"你是国王的女儿，我是他的部队指挥官。这座城堡是我们的家，我的父亲在国外漂泊！这不可能！明天我就带着军队去找父亲。"

他的父亲在树上听见这话，眼泪顺着脸颊流了下来。夜幕降临后，他从树上下来，在附近的一家旅馆过夜。第二天早上，他给妻子和儿子送去消息，告知他们自己已归来。三人的会面非常温馨欢乐。国王听说指挥官的父亲归来后，马上表达了他的祝贺和美好祝愿。进入城堡后，令他大为惊讶的是，他见到了自己的女儿。公主和丈夫及儿子跪在地上，乞求国王的祝福。国王欣喜若狂，拥抱了他们，并流下了眼泪。

"现在我明白了，"他大声说道，"抵抗命运所决定的事是没有用的。你们的姻缘是上天的安排，是天作之合。"

由于国王只有一个女儿，在他去世后女婿就继承了王位，因此，他们得到了这个世界上的全高荣耀。愿上天祝福我们未来都能得到至高的荣耀！

吝啬的同伴

两个男子结伴前往遥远的城市。两人都带着一袋食物供途中食用，这两袋食物可以支撑好几天。他们同意先吃一个人的食物，吃完之后再吃另一个人的，这足以支撑他们的行程。但在吃完第一个人的食物后，第二个人不愿意遵守先前的协议，他不想让同伴享用自己的那袋食物。

"看在上天的分上，杰克！"第一个人喊道，"给我点东西吃。如果你不愿意回报我给你的面包，就当作施舍我吧。否则，我会饿死在这片荒野中，我的家人和孩子将沦为贫民。救救我吧，杰克，救救我！"

但这无法说服第二个人，他拒绝道："不，我什么都不会给你，以免面包不够。我吃自己的食物，继续前进。我才不在意你的生死呢。"

饥饿的人能走路吗？有食物的人继续前进，把饥饿的同伴抛在后面。这个可怜的人走了一段时间，吃地上的泥土，喝小溪中的水，直到日落时分，他来到一个破败的磨坊。

"上天是仁慈的，"他想道，"让我住在这个破败的磨坊里。"

破败的磨坊里什么都没有，只有一个挂在墙上的旧铃鼓。为了躲避野兽，这个人进入磨坊的谷物间，想要睡觉。午夜时分，他看见一只熊进入磨坊，坐在谷物间的对面。不久，来了一头狼，在熊旁边坐下。最后，来了一只狐狸，坐到了狼的旁边。狼问熊："熊兄弟，你怎么样？如今猎物如此稀少，你是如何填饱肚子的？"

"我从未因食物短缺而陷入困境，"熊回答道，"我在附近发现了很多蔬菜，这些蔬菜的根部十分美味。饿了我就挖一些蔬菜，以填饱我的肚子。"

"太好了！"饥饿的人悄悄想着。

"狼兄弟，你过得怎么样呢？"狐狸问道，"现在每个牧羊人都养着该死的狗，你能满足自己贪婪的胃口吗？"

"哦，别提了，"狼深叹了口气，"过去的两三个月里，我一直计划着从格林代尔镇镇长的羊群中抢走一些食物，但因为那只大黑狗太可怕了，一直守着羊，我都不能接近羊群。国王的儿子饱受疾病折磨多年，医生们都已经放弃了。我不知道医生为什么不杀死那只该死的狗，如果用狗的血给国王的儿子沐浴，他马上就会痊愈。这种方式既能治好可怜的小伙子，也能除掉我面前的障碍。"

"太好了！"男人想道。

"那你呢，狐狸兄弟？"熊问道，"你最近还好吗？"

"感谢上天！"狐狸说道，"尽管我不像你们那么强大，但上天赋予了我智慧和敏捷，我从未受过饥饿的困扰。唉！我也积累了一些财富。我有一罐金子，藏在那边的无花果树下，另一罐藏在这个磨坊的门槛下。我每天都会取出金子，享受把玩金子的乐趣，再把它们放入罐中藏好。"

"太好了！"男人自言自语道。

这个人鼓起勇气，他突然拿起旧铃鼓开始演奏。听到这声音，野兽们立即跑开，转眼就消失不见了。野兽们以为婚礼队伍要经过这里，他们非常害怕婚礼队伍。这时已经是黎明了。这个人从藏身之处走出来，拿走了两罐金子，装满口袋后，他将其余的金子藏在另一个地方。他挖了熊所说的蔬菜根，填饱了自己的肚子。之后，他问别人去往格林代尔镇的路，并到镇长家里做客。他为镇长及其家人准备了贵重的礼物，他们都十分喜欢他。早上，他听到镇长与家人商量，要用什么礼物来回报客人的厚礼。这个人随即说道："我很喜欢你的黑狗，希望能有这样的一只狗。"

"既然你喜欢那只黑狗，"镇长回答道，"你就带走它吧。我们很容易就能为羊群找到另一只狗。"

于是，这人将绳子缠在狗的脖子上，带着一个皮囊回到偏僻之处，割断狗的喉咙，并把狗的血放在皮囊中。他带着满皮囊的狗血进了城，并觐见了国王，说道："我是一名医生，可以治愈您的儿子。"

"如果你能治愈我的儿子，"国王说道，"我向你保证，在我死后，你在王国中位居第二。但若你不能治愈他，我就砍了你的头。"

"愿您的儿子亲自享受您的宝座，"男人说道，"若我不能治愈他，我就随您处置。"

国王同意了，那人将奄奄一息的王子搬到一个房间里，用黑狗的血涂满他的全身，让他入睡。傍晚时分，小伙子出了汗，浑身湿透。这个假医生将王子清洗干净后，再次用狗血涂满小伙子的全身。他连续两天都这么治疗。第三天，小伙子就痊愈了，他的身体就像新生儿一样健康。这个人把王子带到国王面前，国王非常高兴，他赐给这个假医生一座宏伟的城堡，以及丰富的财产。所有人都赞美他的慷慨大方。这个人找到自己藏起来的其他金子，并将家人带到新的城堡，在那里过着幸福的生活，并常常感谢上天。

而那个拒绝分面包给同伴的吝啬鬼呢？他安全到达了目的地，但从未获得过成功，只能辗转流落到不同的城市艰难谋生。最后，他来到了同伴所在的城市，看到同伴过着王子般的生活，便问同伴这是如何实现的。幸运的同伴将一切告诉了他。随即，那人赶到破败的磨坊，并藏身在谷物间里，希望自己也能获得好运。不久后，野兽们又来开会了。

"头儿，"狐狸一进来就对熊说，"在开始商议之前，我们最好仔细查看下附近是否有人，上次开会后我被洗劫一空。"

他们起身环顾四周，呀，谷物间里有一个人！

"邪恶的入侵者！"狐狸和狼大叫，疯狂咬住男人，熊用沉重的爪子猛烈敲击他的头部，他就这样死了。这个吝啬鬼的性命就这样没了。

海的女儿

很久以前，有一个老妇人和儿子住在海岸边上。她每天早上都要把一块面包投进海中。一天，她对儿子说："儿子，我年岁渐长，很快就要死去。听我的忠告，每天早上往海里投一块面包。"

老妇人死后，小伙子每天早上继续往海里投面包。一天晚上，他干完活回家时，惊讶地发现房子被打扫得一尘不染。又有一天，他在柜子里放了一些肉，呀，晚上肉已经煮好了，摆在餐桌上！这种情形发生了好几次。一天，小伙子藏在楼梯下。不久，海里传来了一阵水花的声音，呀，一条大鱼跳进了门槛！鱼皮马上掉落，出现了一位貌若皎月的美丽少女。她将房子打扫干净，做好厨房的活正要离开时，小伙子抓住了她。

"妈妈，妈妈！快来帮我！"少女喊道。海上立刻传来了声音："不要害怕，女儿，那将是我的女婿。"在上帝的旨意和母亲的允许下，少女成了小伙子的新娘。他们请来了主持婚礼的牧师，并举行了七天的婚礼。

一天，年轻的女人在窗前做针线活时，漫步在海边果园的王子见到了她，为她的美丽着迷。发现她已经成婚后，王子决定杀害她的丈夫后再娶她。他马上叫来小伙子，说道："我希望你做一顶帐篷，它必须能容纳所有的军队后，还剩一半空间。我给你三天的准备时间，如果那时还没做到，我就砍掉你的头，并没收你的所有财产。"

小伙子一脸悲伤地回到家。三天后他该怎么向王子交代呢？他肯定性命不保了。妻子见到他，问道："怎么了，亲爱的？发生什么事了？你为什么难过？"

"没什么。"小伙子叹着气回答。

"不，你的脸色都变了，"妻子说道，"快告诉我怎么了！"

小伙子告诉了她王子的命令。

"没关系，亲爱的，"她说着，将头伸出窗外，面向大海喊道，"妈妈，妈妈！请把小帐篷送来，我们想去露营。"

帐篷从海上漂了过来。小伙子把帐篷带给王子。帐

篷花了七天的时间才安装好，不仅能容纳王子的军队，还能容纳王国里的民众，都进去后仍剩一半空间。

"这很好，"王子说，"但是你看，地上没有家具。我希望你带来一块合适的地毯，与帐篷相配。三天后如果没能带来，我就砍掉你的头。"

小伙子告诉了妻子，她请母亲拿来地毯，并把地毯献给了王子。之后，王子命小伙子去取一串葡萄，葡萄要大到他的军队都吃不完。第二天，这样的葡萄也被带来了。这一次，王子命小伙子带来一个三天大的婴儿，这个婴儿必须像成年人一样会走路和说话。小伙子十分沮丧，因为那是绝对不可能的事情，他认为这次肯定性命不保了。

"亲爱的，别担心，"妻子宽慰他，并对着大海喊道，"妈妈！把弟弟送到这里待一会儿，我们想见他。"

婴儿被送来了，小伙子把婴儿带到王子面前时，仍在怀疑他能否达到王子的要求。路上，小伙子的脚滑了一下，婴儿也受到了震动。

"姐夫，你没有看周围吗？"婴儿爬起来叫道，"还是你有意让我摔倒并压死我？"小伙子对婴儿的指责感到高兴，这令他确信自己的性命保住了。在向王子展示时，婴儿立即朝王子走去，跳上他的膝盖，并给了王子一个耳光，说道："王子，这般麻烦我的姐夫，你不羞愧吗？你想杀了他，再娶我姐姐，不是吗？不要脸，真不要脸!"

　　于是，王子放弃了他的邪恶意图，向小伙子道歉并请求他的宽恕。小伙子和海的女儿从此不再受到打扰，他们仍生活在海边。

　　三个苹果从天上掉落，一个给我，一个给讲故事的人，还有一个给听故事的人。

金头鱼

我曾听祖母讲过一个关于失明国王的故事。我来讲给你听。国内的所有医生和术士都试过了，却没有任何效果。最后，国王听说印度有一位三百岁的医生，就写了一封信给印度国王，请求他派这位年迈的医生前来医治，以帮他恢复视力。这位医生来了，检查国王的眼睛后，他说道："只有一种方法，就是用金头鱼的血制成药酊。你派人去海里抓一条金头鱼，我会等一百天。如果在这期间没有抓到，我就离开。"

国王的独生子带着一百位手下和渔网，航行到一片海域去捕鱼。他们努力打捞，抓到了许多鱼，但没有一条是金头鱼。九十九天过去了，只剩下最后一天。他们放弃了希望，正打算返航时，王子对手下说道："再撒最后一次网，试下我的运气。"

部下照做了，呀，真的抓住了金头鱼！他们很高兴，将珍贵的鱼放在一罐水中，以维持其生命。水罐被放在王子的船舱中，他们起航回家了。独自一人时，王子看着金头鱼，呀，他开始说话了！

"王子，"金头鱼说道，"我也是个王子。饶了我的命吧，放我回大海。总有一天，你会有好报的。"

王子同情这条可怜的鱼，把他扔回了大海，说道："去吧，鱼；即使你（一条鱼）不感恩，造物主也会感激。"

这些人回去后透露了王子所做的事，这让国王气得发疯。

"唉！"他大声喊道，"我的儿子希望我早日死亡，以便自己继位。刽子手，带走这个没有人性的儿子，马上砍掉他的头。"

但由于王子是国王的独生子，在王后的要求下，刽子手让罪犯换上王子的衣服，并将其绞死，王子则被放逐到一个偏远的小岛，过着悲惨的生活，没有人知道他的身份。人们以为他是一个邪恶的罪犯，所有人都鄙视他、唾弃他。他没有朋友，难以谋生，境况悲惨。王子十分绝望，决心结束如此难以忍受的生活。于是，他来到海边的悬崖，纵身跳入大海。然而，他刚投入水中，就被一个陌生的黑人抱住，黑人将他安置在沙滩上，恭敬地对他说："伟大的王子，请让我为你效劳。你可以放心，我将尽全力为你服务，满足你的要求。"

他英勇的行为以及恭敬友好的话语给王子留下了深刻印象，王子的绝望都消散了，开始忏悔自己的自杀行

金色少女：亚美尼亚民间故事

为。王子接受了黑人的效忠，两人回到家后，已经有丰盛的晚餐在等待他们。此后，王子发现所有的必需品都准备得十分充足，两人共同生活了一段时间。这时，岛上的民众频频遭受巨龙的袭击，这头巨龙吞噬了它遇到的所有人。人们恐惧不已，没有人敢冒险出门。岛上的国王派军队去杀这头巨龙，却只是徒劳。之后，他派使者通知全民，谁能杀死巨龙，他就赐谁巨大的财富。于是，小伙子的黑人侍从找到国王，说："我的主人能杀死这头龙，想知道你打算赏赐什么给他。"

"谁杀死了巨龙，"国王说道，"谁就能娶我的女儿，成为我的乘龙快婿。无论他想要什么礼物，我都会赐给他。"

"好，"黑人说道，"将你的女儿嫁给我的主人，并把你一半的财富赏赐给他。"

随后，黑人杀死了巨龙，并把巨龙的耳朵带给小伙子，小伙子将其献给国王。迎娶公主后，王子成了国王的女婿，住在辉煌的城堡中，并得到了国王一半的财富。国王没有儿子，小伙子就继承了他的王位，统治这个岛屿。小伙子还有了一个儿子。一天，黑人对他说道："让位给你的儿子，任命你的妻子为摄政官，我们去西方之国吧。"

年轻人同意了，于是，他们带着财物踏上了征途。刚抵达西方之国的都城，黑人便对小伙子说："你去求娶国王的女儿。"

小伙子求见了国王，国王十分喜欢他，说道："王子殿下，我认为你值得托付。但我坦诚地告诉你，我曾将女儿嫁给九十九位王子，但他们都在婚礼之夜丧生。我不忍心你这么年轻就去世。"

小伙子听了这话很害怕，但黑人坚持道："不，你要娶她。不要害怕。"

于是，小伙子娶了公主。刚举行完婚礼，国王的仆人就开始为新郎准备棺材和坟墓。然而，在新婚之夜，黑人藏在卧室的衣柜里。公主和小伙子一入睡，他就出来，握着匕首和钳子站在床头。午夜时分，一条蛇从公主的口中出来，要咬死小伙子。黑人马上用钳子抓住蛇，用匕首将其砍成碎片，并藏在衣柜里。早上，国王的部下前来为小伙子收尸。呀，他竟然还活着！他们跑去向国王禀告这个好消息。第二天晚上，又一条蛇从公主的口中出来，黑人杀死了那条毒蛇，自此之后就太平了。由于西方之国的国王没有儿子，在他死后，小伙子继承了王位。一天，东方之国的一位信使来到西方之国，带来了他母亲的信息：你的父亲已经去世，你来继位吧。

小伙子任命了一位摄政官，在黑人的陪同下，带着第二位妻子前往祖国。他扬帆起航，途中停靠在小岛上，接上了第一位妻子。他们从那里出发，回到了小伙子的祖国东方之国，小伙子被加冕为国王。于是，东方之国、西方之国及两国之间的岛屿得到了统一，从此之后由同一位君王统治。

不久，黑人向国王告别，想要回自己的国家。

"我的朋友和恩人，"国王对黑人说，"我现在所拥有的一切，以及我的性命，都归功于你。来，在你离开之前，你想要什么，都可以随便拿。"

"这些都是我们一起获得的，"黑人回答道，"因此，我有权享有您的一半财产。然而，我不想要您的任何财产，而是希望和您平分妻子。"

"说得好！"国王回答道，"你可以带走自己喜欢的人。"

"不是这样，"黑人说道，"为了避免我们两人意见不一，我们将两位妻子平分，一半给您，一半给我。"

国王本想表示反对，但想起从黑人那里得到的帮助，觉得不答应朋友的奇怪要求有些忘恩负义。

"那好吧，我同意这么做。"他最后说道。他们把两个女人带到海边的无花果树下，黑人将西方之国的公主悬挂起来，举起剑仿佛要将她砍成两半。看到举起的剑，那女人吓得大声尖叫。

"啊！"她尽全力叫道。呀！她的腹中掉下了一个蛇巢，里面有很多小蛇。黑人杀了这些毒蛇后，将她交给了国王，说道："现在，享受两位妻子的陪伴，让你的国

家长治久安吧。再也没有邪恶力量可以困扰你。我已经
履行了职责，因为你救了我的命。我就是那条金头鱼。
再见了！"说完这些，他跳入海中，直到今天仍生活在
那里。

丈夫还是妻子

　　一个金匠和妻子过着幸福的生活，他们被视为全国的模范夫妻。他们的习惯是不吹灭屋里的蜡烛，而让其彻夜点着。一天晚上，国王和王后从窗户向外眺望沉睡的城市，他们注意到远处的金匠家还点着蜡烛，这个模范婚姻引起了国王夫妇之间的争论。国王坚持认为，这对夫妻的和谐相处应归功于丈夫。王后则坚持认为这是妻子的功劳。于是，他们决定做一次试验，找出真相。第二天，王后将一位侍女送给金匠，说这位侍女爱上了他，若他愿意杀死现在的妻子，这位侍女就嫁给他。

　　"不行，"金匠回答，"即使给我全世界，我也不会杀死妻子。我对上天的安排十分满意。就算能用妻子换来一千位王后，我也不愿意。"

第二天，国王派人带话给金匠的妻子，表示自己被她的风采所吸引，想要让她成为王后，只要她愿意杀死现在的丈夫。

"这是真的吗？是真的吗？"妻子叫道。

"千真万确。"仆人回答。

"那好，"妻子说道，"我今晚就杀了我的丈夫。今晚你看到我们的蜡烛熄灭时，就知道我准备动手了。"

仆人将话带给了国王，国王命令士兵们准备好，如果蜡烛真的熄灭，就去救金匠。晚上，金匠回到家。晚饭后，这对夫妻像往常一样愉快交谈，丈夫将头枕在妻子膝上睡着了。妻子在他脖子上绕了一根绳子，熄灭蜡烛后开始拉紧绳子。在国王的人到来之前，可怜的金匠就已被勒死。这起谋杀令国王悲痛不已，此后，他对所有女人都深恶痛绝。那天晚上，他辗转反侧，难以入眠，第二天一大早，他叫来首相，说道：

"今天我要去打猎。晚上回来前，你必须把这个国家的所有女人，不论老幼，一律处死。"

首相有一位年迈的父亲，首相把国王的命令告诉了父亲，并向父亲寻求建议。

"不要听从这个命令，"老人说道，"我会为此负责。你先出去躲几天，避免直面国王的怒火。"

晚上，国王打猎回来，看到王国里的女人还活着，十分愤怒，就命令首相来到他的面前，但是首相并未前来。首相的父亲拄着拐杖，出现在国王面前。

"你的儿子在哪里？"国王说，"我想先砍掉他的头，再砍掉那些女人的头。"

"愿国王万岁！"老人声音颤抖着回答，"请允许我告诉您我的经历，您再选择是否执行这一命令。"

"说吧！"国王说道，同时命令士兵准备好屠杀妇女。

"你父亲在位期间，我曾担任首相，"老人说，"一天，我们去打猎。我被猎物引入歧途，来到森林另一边的村庄附近。不久，我被一个陌生的骑手追赶，她抓住我，让我从马背上下来，将我放在她的马上，用绳子捆住我，并把我的马系在她自己的马后面。对我而言，挣扎是无用的，因为她非常强壮。很快，我们来到了一个墓地，在那里下了马。她环顾四周，停在某个地方，开始挖洞，并命令我在她后面铲土。就这样，我们挖了两个坟墓。我们再次骑马来到城堡的墙角。她小心翼翼地将我绑在马鞍上，自己爬上了墙。几分钟后，她从墙上扔下一具被杀不久的无头尸体。之后，她从墙上下来，把尸体放在我的马上，将我和那具尸体带到刚挖的坟墓旁。我惊恐万分，认为一个坟墓是用来埋葬那具尸体，而另一个坟墓是给我准备的。但令我惊讶的是，她解开了绳子，请我帮她掩埋尸体，我照做了。然后她转向我说：

  "'我知道你是谁，你是这个国家的首相。现在听我说，然后将我的故事告诉国王。我是一个女人，深爱我的丈夫。这个邪恶的王子，就是我们刚刚埋葬的尸体，爱上了我，杀害了我的丈夫，妄想获得我的爱。但我以对丈夫的神圣的爱起誓，我要杀了凶手，并将其埋在丈夫的脚下。我已经做到了。接着，我又发誓要自杀，以便让自己埋在丈夫旁边。看在仁慈的上帝的分上，把我葬在这个坟墓里，并向国王讲述我的故事。'说完这些，她用匕首刺死自己，倒在我的脚下。我把她埋在她丈夫旁边的坟墓里。这是一个忠诚勇敢的典范妻子。如果金匠的不忠妻子让您下令杀死王国内的所有女性，那这个女人就能免去您对女性的屠杀。一个女人的邪恶，为什么要让许多好女人丧命呢？"

  于是，国王撤销了命令，只有金匠的妻子被处死。

邪恶的继母

　　从前，在亚美尼亚，有一位猎人，他妻子去世了，只有一个孩子。后来，他又娶了一位妻子，但自己却很快病倒了。临死前，他对妻子说：

　　"亲爱的，我即将离世，我知道儿子长大后会继承我的职业。你要当心，叫他不要去黑山打猎。"

　　猎人死后，他的儿子逐渐长大，和父亲一样成了一名猎人。一天，他的继母说道：

　　"儿子，你的父亲临死前曾告诫过，你长大后如果成为猎人，不要去黑山打猎。"

　　然而，小伙子并没有将父亲的告诫放在心上。一天，他带上弓箭，上马赶往黑山打猎。一到黑山，呀，一个巨人骑在闪电马上出现了。巨人喊道：

"怎么回事！你从未听闻过我的大名吗？竟敢来我的地盘打猎？"他向小伙子扔了三个狼牙棒，小伙子机灵地躲开了，藏身在马肚下。

现在，轮到他攻击了。小伙子拿出弓箭，瞄准，射向巨人，巨人摔倒在地。小伙子立即骑上巨人的闪电马，闪电马很快带他来到了一座恢宏的城堡，城堡镶有金子并以珍宝装饰。呀，一位美如皓日的少女出现在窗前，说道：

"人类，天上的飞鸟和地上的蛇都不能来这里。你怎么敢来这里呢？"

"你的爱带我来到这里，美丽的少女。"小伙子答道，他已经爱上了这位迷人的少女。

"但是巨人会把你撕成碎片的。"少女说，她也爱上了小伙子。

"我已经杀了他。"小伙子答道。

城堡的门开了，小伙子得到了少女的接待。少女告诉他，自己是国王的女儿，巨人掳走了她并将她关在城堡中，有四十位美丽的侍女服侍她。

"既然你杀死了巨人，"少女补充道，"我将要成为你的妻子，这些侍女将服侍我们。"于是，他们两人结为夫妇。

打开巨人的宝库，他们发现了无数的金银财宝。如此美丽的城堡、价值连城的宝物和世上最美的妻子，这些是小伙子做梦都不敢想的。他决定住在这里，每天还像往常一样去打猎。

然而，有一天，小伙子叹着气回来了："唉！哎呀！哎呀！"

"怎么啦？发生什么事了？"美丽的妻子问道，"我和四十位侍女还不能令你开心吗？为什么要叹气呢？"

"亲爱的，你真贴心，"小伙子说道，"我的母亲也很贴心。你在我的心中有独特的位置，我的母亲也是如此。我思念她，所以叹气。"

"既然如此，"年轻的妻子说，"带一匹满载金子的马给你母亲，让她活得富足安康吧。"

"不，"小伙子说，"我还是把她带到这里来吧。"

"好呀，那就去吧。"妻子说。

小伙子回到了继母那里，告诉了她自己的经历，并将她接到了黑山城堡中。她成了整个城堡的主人。小伙子的妻子和侍女们都得听从她。

小伙子常外出打猎。这位继母精通巫术，她找到了巨人，发现巨人其实并没死，就暗中治疗巨人，他很快就康复了。爱上巨人后，继母将他带回城堡，把他藏在地窖里，每天只能偷偷去看他，因为她害怕继子。继母希望没人敢违抗自己，就对巨人说：

"巨人，你得给我想个办法，让我继子出去办事后，不再回来。"

在巨人的建议下，继母在自己的床垫下放了几块又干又小的面包，躺在床上假装生病。傍晚，小伙子打猎回来，听说继母生病了，忙赶到她床前，问道：

"母亲，你怎么了？"

"噢，儿子，"继母病恹恹地喊道，"我病得很严重，快要死了。"在她转身时，干面包开始嘎吱作响。

"听哪，"继母叫道，"我的骨头在嘎吱作响！"

"解药在哪里呢，母亲？我能为你做什么？"小伙子问道。

"噢，我的儿子，"继母说道，"我的病只有一种解药，就是生命之果，请你把它带给我。如果我不吃生命之果，就永远不会好。"

"好的，母亲，"小伙子说道，"我会为您带来生命之果的。"

他马上启程，在长途跋涉后，受到了一位老妇人的接待，老妇人问他要去哪里。听说了小伙子的目的地后，老妇人对他说：

"孩子，你被骗了；这次冒险会要了你的命，别去了。"

由于小伙子一再坚持，老妇人劝道：

"唉，我给你些建议吧。你很快会到达一座城堡，这是四十个巨人的居所。他们白天外出打猎，但你可以看到他们的母亲在揉面。你如果跑得足够快，喝了女巨人的奶而没有被她发现，就安全了；反之，她会一口吞掉你。"

小伙子踏上了征途，遇到的情形和老妇人所说的一样。他足够机灵，喝了女巨人的奶后没有被发现。

"我诅咒那个给你出主意的人，"女巨人愤怒地喊道，"本来我要一口吃了你。但你喝了我的奶之后，你就像是我的孩子。让我将你藏在箱子里，否则四十位巨人傍晚回来后发现了你，会吃了你的。"

于是，她将小伙子藏在箱子里。傍晚，四十位巨人回来后，闻到了人类的味道：

"母亲，我们终年捕获野兽飞禽，带回家与你分享。现在，我们闻到了人类的味道，肯定是你今天吞吃的。难道你都不给我们留些骨头，让我们吃一口吗？"

"你们从山林平地回来，肯定是你们在那里发现了人类，人类的味道是从你们的口中传来的。我没有吃人。"

"不，母亲，你肯定吃了人。"巨人们喊道。

"啊，说不定是我人类妹妹的儿子——我的外甥来看望我！"女巨人回答道。

"母亲，让我们看看人类表弟吧。"巨人们喊道，"我们不会伤害他，只是想和他说说话。"

女巨人让小伙子从箱子里出来，并带他来到巨人面前。看见如此小而英俊的男人，巨人们十分开心。小伙子像玩具一样，从一个巨人那儿被传到另一个巨人那儿，这满足了他们的好奇心。

"母亲，我们的人类表弟来做什么呢?"巨人们问道。

"他来，"女巨人回答，"是为了摘一个生命之果，把果子带给病重的母亲。你们要为他拿到生命之果。"

"不，"四十位巨人喊道，"这太难了。"

然而，最小的跛脚巨人对小伙子说:

"表弟，我和你一起去，给你摘生命之果。你只能带一个罐子、一把梳子和一把剃刀。"

第二天，小伙子带上必要的东西，跟随跛脚巨人，很快来到了生命果园里，这个果园有五十位巨人守卫着。守卫睡觉时，小伙子和同伴悄悄地进入果园，没有被察觉，他们摘了生命之果后就开始跑。就在他们穿过篱笆时，跛脚巨人的腿陷在了篱笆里，在他匆忙挣扎时，篱笆晃动的声响就和雷声一般。呀! 五十位巨人被惊醒了，大喊道:

"有小偷! 是人类! 我们的好猎物!"于是，巨人们开始追赶小伙子和他的跛脚同伴。

"表弟，快把罐子扔在身后。"跛脚巨人喊道。

小伙子照做了，呀，身后的山川平原被一望无际的海所覆盖。五十位巨人不得不穿过海，才能来抓他们。

"表弟，现在把梳子扔在身后。"跛脚巨人叫道。

小伙子照做了，呀，巨大的丛林将五十位巨人和小伙子他们隔了开来。在巨人们穿过丛林前，小伙子和巨人表哥又跑了一大段路。

"表弟，现在扔剃刀吧。"跛脚巨人叫道。

小伙子照做了，呀，他们和巨人间的土地被尖如剃刀的玻璃碎片覆盖了。在五十位巨人穿过前，其他三十九位巨人救了他们，将他们安全地带回了家。

小伙子告别了刚认的姨母和表哥们，带着生命之果回家了。在路上，他再次受到了老妇人的招待。见到小伙子安然无恙地回来，老妇人问他是否成功拿到了珍贵的生命之果。

"是的，我带来了。"小伙子回答道，并讲述了自己的经历。

半夜里，趁小伙子熟睡时，老妇人从袋子里拿出了生命之果，将它换成一个普通的果子。第二天早上，小伙子将果子拿给继母，她吃了后惊叫道：

"哦，太好了！我痊愈了。"

小伙子又去打猎了，继母对巨人说道：

"看看你给我的建议！这次冒险对他来说根本就没有生命危险。再告诉我更危险的任务，这次我要让他有去无回。"

于是，在巨人的提议下，继母又放了些干面包在床下，躺下假装生病。傍晚小伙子回来时，她用虚弱的声音说：

"哦，儿子，我要死了，你再也见不到我了。"

"怎么啦，母亲？"小伙子叫道，"究竟怎么回事？我能为你做些什么？"

"我所得疾病的唯一解药，"继母答道，"是仙狮之奶。如果你能带来，我就可以得救；如果不能，我就必死无疑。"

小伙子启程后，再次受到老妇人的接待。老妇人询问了他的去向。

"这次，我要为母亲去取一袋仙狮之奶。"小伙子答道。

老妇人又一次劝小伙子别去，但由于他坚持，老妇人只好说道：

"既然你决意要去，我就给你些忠告吧。那座山的另一边就是仙狮的兽穴，目前，她正深受爪上脓疱的痛楚。你在洞口可以看到仙狮，她正高举长了脓疱的爪子咆哮不止。这时，你要悄悄靠近她，用弓箭瞄准她并射中脓疱。受伤后，她一开始会痛苦怒号，但很快疼痛就会过去，她会感到舒适，并满足你的任何要求。"

就像老妇人所说的，小伙子启程后发现了仙狮，她站在洞口，因痛苦而咆哮。小伙子马上瞄准、射箭、击中了脓疱。疼痛加剧，狮子喊道：

"嗷！谁射的箭？我找到他后要吞了他。嗷！嗷！嗷！"

很快，伤口的毒汁流了出来，狮子感到舒适后说：

"是谁射的箭？上天作证，我会满足他的任何要求。"

小伙子马上从藏身之地跳了出来，站在狮子前，狮子看到他后喊道：

"是你吗，小伙子？是你消除了长久折磨我的疼痛？"

"没错，是我。"小伙子答道。

"无论你想要什么，都可以告诉我，"狮子说道，"我愿意把任何东西给你这样的英雄。"

"请把你的奶给我，"小伙子说，"这是治愈我病重母亲的唯一解药。"

"在兽穴里，"狮子说道，"给你。带着他们走吧，小心不要伤害了我的孩子。"

谢过狮子后，小伙子带着两袋奶启程了。然而，他还悄悄地偷走了两只漂亮的幼狮。嗅到幼狮的气味后，母狮子紧追小伙子，喊道：

"可恶的人类，竟敢这样做！这是你报恩的方式吗？为什么要偷走我的两头幼狮？"

"请您原谅我，"小伙子答道，"我对您的善举十分感恩，希望保留关于您的一份永恒纪念，还有什么能比带走您的一对幼崽更合适呢？我会精心饲养他们，并将他们视为忠实的伙伴。"

狮子对他的回答十分满意，允许他带走幼狮。很快，小伙子来到了老妇人那里，老妇人问他是否带回了仙狮之奶。

"是的，我带来了。"小伙子说着，拿出了两袋奶。

当天夜里，小伙子熟睡时，老妇人将仙狮之奶从袋中倒入桶中，用普通的羊奶代替。第二天，小伙子将奶袋装在马背上，带上幼狮回家了。继母喝了奶之后，喊道：

"哦，太好了！我痊愈了。"

小伙子和往常一样，又开始打猎了。邪恶的继母对巨人说：

"巨人，我不是让你告诉我让他有去无回的办法吗？为什么都是他能轻松完成的简单任务？你必须告诉我最大的冒险，绝对让他有去无回，否则我就让他将你碎尸万段。"

"我能怎么做呢？"巨人回答，"你的继子是有史以来最勇敢的英雄，没有凡人可以打败他。无论多么危险，他都能归来。这一次，让他给你带回一整罐的生命之水吧。"

邪恶的继母再次装病，小伙子来看望她时，她说道：

"哦，孩子，我要死了，我的骨头在嘎吱作响。"她翻身时，床下面包嘎吱作响的声音清晰可闻。

"母亲，我能为你做什么呢？"小伙子伤心地问。

"这一回，我的唯一解药，"继母回答，"是生命之水。你得带回一整罐，否则我就会死。"

小伙子立刻上马，带上了两只幼狮，他们现在已经长成了年轻的狮子。小伙子又一次来到老妇人那里，说明了此行的目的。

"小伙子，"善良的老妇人叫道，"我能看出有恶意缠绕着你，有可恨的人要谋害你的性命。这是人类能够经历的最困难的冒险，从未有人从此行中归来。听我的劝，回去吧。你的母亲肯定没事。"

"不，"小伙子说，"我一定要去。"

老妇人说："只要你把罐子放在泉中，生命之水就会缓慢地渗出来，水流像头发丝一样细。浓重的困意会袭来，你会睡上七天七夜。在这期间，蝎子会来攻击你，随后是蛇、猛兽，最后是各种各样的精灵。你肯定会被他们吃掉的。"

"不论发生什么，我都要去。"小伙子说道。他带上两只狮子，向生命之泉出发了。

小伙子来到生命之泉，发现泉水以极小的细流渗出来。他刚用罐子接水，强大的困意就袭来了，他在那里睡了七天七夜。很快，无数只大蝎子开始攻击他，但都被狮子们打败了。随后，数千条毒蛇出现了，吐着舌头嘶嘶叫着攻击他。血腥战争后，两只狮子再度打败了它们。之后，一群猛兽包围了生命之泉。血战后的狮子们又打败了它们。

七天七夜后，小伙子醒来，惊讶地发现周围堆满了毒蛇猛兽的尸体。忠实的狮子守卫坐在主人两旁，观察着他的一举一动。小伙子看到他们身上的斑斑血迹后，明白了自己对狮子们亏欠深重。他用生命之水将他们洗净，并带着满罐的生命之水回到老妇人那里。

"你带回生命之水了吗?"老妇人问道。

"是的，婶婶，我带来了。"小伙子说着，给她看整罐水。

"成功的不是你，"老妇人说道，"是上天和忠实的狮子保全了你的性命。"

那天晚上，小伙子熟睡时，老妇人将生命之水倒到另一个瓶子里，用普通的水装满罐子。小伙子将水带给了继母，继母喝了后说:

"哦，太高兴了! 我痊愈了。"

第三天，小伙子又去打猎。邪恶的继母对巨人说:

"你就没有什么办法可以毁灭他吗? 我向上天起誓，如果你不告诉我如何毁灭他，我就毁灭你。"

"你的继子很勇敢，"巨人说，"他是一个特别的英雄，只有你能杀害他。"

"快说! 快说!"邪恶的继母惊喜地叫道，"告诉我，我会去做的。"

"你还记得他黑发中的三根红发吗? 只要拔掉它们，他就会死。"

第三天，继母对小伙子说:

"来，儿子，把头靠在我的膝上，小睡一会儿吧。"

小伙子照做了，并且很快就入睡了。邪恶的继母马上抓住三根红发，把它们拔了下来。小伙子抽搐一阵后，就去世了。

"快，巨人，"继母说，"拿剑将他碎尸万段。"

"不，"巨人回答，"我无法对这样的英雄下手。"

"你这个懦夫！"继母叫道，拿剑将继子碎尸万段，并把碎片装入麻袋，扔出花园墙外。然而，他的小指落在了花园里。

狮子们得知主人遇害，尸体被放入袋中，就马上找到袋子，并带给老妇人。老妇人打开袋子，拿出尸体碎片，将每部分都完整地拼接好，只有一个小指缺失。老妇人告诉狮子小指缺失的事情，他们立即出发，在花园里闻到了主人小指的味道，把它带给了老妇人。老妇人将小指放回后，用之前偷偷保存的仙狮之奶浇灌小伙子的全身。所有的碎骨、肌肉和经脉都连接起来，他的身体就像新生儿一样完好。随后，老妇人将生命之果放在他的鼻子前。小伙子一闻，就打了七个喷嚏。最后，老妇人将生命之水喂给他。小伙子马上睁开眼，跳了起来，说：

"呀，我睡得可真沉呀！"

"睡！"善良的老妇人叫道，"是的，若非上天保佑，你将永远沉睡，不再醒来。"随后，老妇人告诉了小伙子之前发生的事。

"善良的女士，"小伙子说，"你对我有大恩——我永远都无法报答。愿上天保佑你！"

小伙子送给老妇人大量的金银，说：

"这些是给你的。你可以随意花，愿你多为我祈祷。"

小伙子回到家，发现美丽的妻子被囚禁于黑暗的地窖中，没有食物可吃，而邪恶的继母正和巨人及六个年轻人嬉笑欢闹。看到小伙子进来，他们都很惊讶。巨人正要偷偷溜走，却被小伙子抓住了。小伙子说：

"懦夫，你现在要逃走了吗？先告诉我，这些污染我城堡的丑陋年轻人是谁？"

"他们是我和你母亲的孩子。"巨人回答。

"母亲！我没有母亲。"小伙子叫道，"你们生得可真快呀，不是吗？我们要好好乐一下。去那边的山里多拿些木头。"

巨人听从了安排，很快就在院子里堆起了一大堆木头。小伙子用打火石点燃木头堆，木材熊熊燃烧，仿佛一个熔炉。

小伙子命人把六个孩子丢入了火中。

"把那个邪恶的女人带来，扔进火中。"小伙子命令道。她的命运和那些孩子一样。

"现在，我该把你扔进去了吧，巨人？"小伙子问巨人。

"英雄，"巨人叫道，"我非常尊敬你，会听从你的命令。"

"既然这样，"小伙子说，"我就饶了你的命。来，从我的剑下走过，向我宣誓效忠。"

巨人轻吻剑，从剑的下面走过，成了小伙子的奴仆。

随后，小伙子将妻子从牢笼中放出来。他们又花了四十天四十夜庆祝婚姻，从此过上了幸福的生活。

最后，他们实现了自己的愿望。愿上天保佑你实现自己的愿望！

三个苹果从天上掉落，一个给我，一个给讲故事的人，还有一个给听故事的人。

女人的伎俩

瑟金斯是个朴实的农民，每天去田间劳作前的清晨，以及劳作后的晚上，他都会祈祷。一天，他的妻子对他说：

"亲爱的，为什么你不祈祷让上帝保全你免受女人的伎俩的伤害？"

"女人的伎俩？"瑟金斯惊叫道，"我才不是害怕女人伎俩的懦夫嘞。"

"你是这样看待女人的吗？"妻子问道。

"是的，我是这么认为的。"瑟金斯肩负农具，一本正经地回答。

妻子决定让丈夫见识一下女人的厉害，她买了些鱼，放在围裙里，正午时带着丈夫的午餐和鱼走向农田。瑟金斯来到附近的溪流旁用餐时，妻子趁他不在，把鱼埋在地里，之后回家了。很快，瑟金斯回来耕地了，他正在犁地时，呀，鱼从地里出来了！他捡起鱼，傍晚时带它们回家，交给妻子，告诉她这些鱼来自农田，他相信是上帝在那里预备了这些鱼。随后，瑟金斯让妻子去煮鱼，作为第二天带到农田的午餐。第二天，妻子煮了鱼，自己吃了，却给丈夫带了一碗豌豆汤作为午餐。

"鱼在哪里呢?"瑟金斯问。

"鱼！什么鱼?"妻子故作惊讶地喊道。

"就是我昨天从地里带回去的鱼。"丈夫回答道。

"你疯了吗?"妻子说道，"你根本没有带什么鱼回家呀。"

"什么！"瑟金斯叫道，举起鞭子威胁要打她，"你吃了我的鱼，还说我疯了?"

"救命呀！"妻子喊着跑到了邻居的农田。

附近的农民们都赶来帮助瑟金斯的妻子，拦住了瑟金斯。

"别管，让我将她打死，"瑟金斯说，"她吃了我的鱼，现在还说我疯了。"

于是，农民们问他的妻子鱼是怎么回事。

"我恳求你们，"女人叫道，"抓住他，别放了他；他会杀了我的。我真可怜呀！他绝对疯了，就是个疯子。你们可以问他在哪里发现的鱼。"

"怎么啦？我是在这儿抓的鱼。"瑟金斯说道，"我从地里挖出来的。"

"哎呀！"农夫们叫道，"那个女人说得对，他真的疯了。"

农夫们用绳子把瑟金斯绑了起来。一些人说道："他最近的确有发疯的迹象。"

"这是遗传病，"其他人附和道，"他家许多人都疯过。"

因此，农夫们视可怜的瑟金斯为疯子，把他带回了家，鞭打他后将他绑在柱子上。夜里，其他人都走了，女人靠近她的丈夫，说：

"亲爱的，现在怎么样呢？怕不怕女人的伎俩了？这只是雕虫小技而已。"

"看在上天的分上，亲爱的，给我松绑吧。"瑟金斯痛苦地说道，"以后我首先祈祷的就是免受女人伎俩的伤害。"

妻子放了他，从此之后，瑟金斯就懂得了要尊重女人。

聪明的织工

从前，有一位来自遥远国度的使者来访。国王端坐在王座上，使者绕着宝座画了一条线，一言不发地坐下了。国王不理解他的用意，就召集了大臣们，大臣们也不理解。对国王来说，没有智者可以理解邻国的象征信息，是莫大的耻辱。国王十分愤怒，命令大臣要么自己解开这一谜题，要么马上在城里找到人解开谜题。否则，他就要将大臣们都处死。因此，大臣们开始四处寻找智者。经过漫长的搜寻后，他们来到了一户人家，并走了进去。第一个房间里别无他人，只有一个沉睡在摇篮中的婴儿。奇怪的是，没有人的推动，摇篮却在晃动。他们又进了旁边的房间。哎呀！这里也有一个沉睡在摇篮中的婴儿，尽管没有人，摇篮却在晃动。接着，大臣们走出房间，来到后院，有根竹竿在来回晃动，驱逐麻雀，不让它们食用小麦。大臣们十分惊奇，走入地下室后，他们发现一位织工正在织布。由于妻子在生下双胞胎后不久就去世了，这个人织布既是为了谋生，也是做家事和抚养孩子所需。因此，他用粗线将两个摇篮、驱逐麻雀的竹竿和织布机及梭子连在一起。用这种方式，他可以轻松地完成工作。大臣们觉得这人或许能解决国王的难题，就告诉了他发生的事。织工思考了一会儿，带着一些弹珠和一只鸡，与他们一同去了。来到国王面前，他直视外国使臣的脸，在他面前扔了一些弹珠。使者从口袋中掏出一把谷子，撒在地上。织工将鸡放了下来，它很快就吃了所有的谷子。就在这时，外国使者穿上鞋，飞速逃走了。

"这一切是怎么回事？"国王问道。

"那个使者绕着宝座画一条线，"织工答道，"是想表示，如果我们不忍辱进贡，他们的国王就要围攻我们。我扔弹珠则是回答，他们和我们相比只是小孩罢了，还是去玩弹珠吧，发动战争只会自取灭亡。他撒了一把谷子是想表示，他们兵力无数。我放鸡吃所有谷子，则表示我们的一个连队就足以使他们的军团覆灭。"

国王对织工极为满意，赏赐给他珍贵的礼物，但织工只接受了抚养孩子所需的那一点财物。国王想任命他为首相，被织工婉言谢绝了：

"我还是继续做织工吧；我只请求您记住，智慧不是根据级别分配的，普通的商人也应像王室贵族般得到平等的对待。"

智慧还是运气

一天，智慧和运气开始争论。

"只有我才能让人成为人。"运气说。

"不，是我的功劳。"智慧坚持道。

恰好，有一个村民在附近的农田劳作。最终，智慧和运气决定在他身上做个试验。运气首先出手。呀，他的犁挖出了一个罐子！农夫停了下来，打开罐口一看，里面全是金币。

"哎呀！"他叫道，"我要变富了。"很快，他转念一想："尽管如此，如果强盗听说了我的财富，前来抢劫，将我杀害，该怎么办呢？"

正在沉思时，农民见到法官经过，法官正要前往村里。他马上决定将金币交给法官，自己继续过宁静的生活。于是，他跑上前，将法官叫到农田。法官还未到农田时，智慧进入他的头脑。农民将罐子藏了起来，对法官说：

"先生，您是法官，博学多才；告诉我，我的这两头牛中，哪头更好？"

法官十分生气，离开时还在咒骂这个农民。智慧离开了，农民开始自言自语：

"呀，我真是个傻子！为什么不把金币交给法官呢？他是拥有金币的最佳人选。我该拿这些金币怎么办呢？在哪儿保存金币呢？"

之后的时间里，农民没有劳作，而是胡思乱想了一天。傍晚，法官从村里回来。农民跑过去见他，恳求他来田里片刻。法官认为他的举动肯定有深意，就来到了田里。这时，智慧又进入了他的头脑，农民对法官说：

"先生，您博学多才。请告诉我，我昨天和今天犁的地，哪块更大？"

法官觉得这人疯了，就离开了。智慧也离开了，农民开始敲自己的头：

"我真是个傻子！为什么不把金币给法官呢？我该在哪儿保存金币呢？该拿这些金币怎么办呢？"

这般说着，他将金币放进午餐袋，牵着牛回家了。

"亲爱的！亲爱的！"他喊道，"把牛牵到棚里，喂它们干草，把犁放好。我要去法官那里，很快回来。"

他的妻子非常精明，她看到午餐袋里似乎有什么东西，而丈夫没有放下午餐袋。妻子觉得自己得知道那是什么，就对丈夫说：

"照料你的牛又不是我的分内事。我都没有足够的时间照料奶牛和羊。放好你的牛和犁，随你爱去哪。"

农民把午餐袋放在门旁，开始照料牛。在他忙碌时，女人打开了袋子，看到满是金币的罐子，她将金币拿了出来，并往里面放了一块圆石。随后，农民将袋子带到法官面前，说：

"这是带给您的礼物。"一打开袋子，两人看到里面是一块石头。法官十分愤怒，但想到此事可能另有隐情，就将农民投进了监狱。法官在监狱里安了两名探子，命他们监视农民并向自己汇报他的一举一动。农民在监狱里沉思了起来，不时还挥舞着手：

"那个罐子有这么大，口有这么宽，罐肚有这么大，里面的金子有这么多。"

探子向法官汇报，农民做了些手势，但是没有开口说话。法官召唤了农民，询问他的手势表达的意思。这时，智慧进入了农民的头脑，他对法官说：

"我在自言自语，你有这么大的头，这么粗的脖子，这么长的胡子。我还问自己，你和山羊的脑袋，谁的更大？"

听到这话，法官十分愤怒，命人将农民打死。还没开始打，农民就喊道：

"不要打我，我说实话。"

于是，农民被带到法官面前，法官让他如实回答之前在狱中比画的是什么。

"实话是，"农民回答，"如果你们继续打的话，我肯定会死。"

这番话令法官发笑，他下令放了这位农民，认定他只是个疯子。于是，农民安然无恙地回家了。智慧和运气握手言和，一同说：

"运气和智慧，智慧和运气，使人成为人。"

世界第一美人

巴格达的一位富商积攒了很多财产。他有一个妻子和一个儿子。一天，商人病倒了，觉得自己快要去世。在临终之际，他召来了儿子，说道："我的儿子，我积攒了如此多的财产，甚至可和国王相媲美。我全都交给你，你可以继续做生意，享受财富，但永远别去提夫利斯。"

随后，他叫妻子上前，向她解释了自己致富的秘诀，并把密室的钥匙交给了她，说道：

"如果儿子挥霍了所有的财产，变得贫穷，你就告诉他我致富的秘诀。"

商人去世后，儿子继续做生意。一天，他带着驮满商品的四十头骆驼，启程前往埃泽勒姆市。在商队里，他遇到了两个衣衫褴褛的穷人，他们在唉声叹气。

"你们怎么了？"年轻商人问道。

"哦！"两人叫道，"我们遇到的事不能对别人说。"

小伙子十分同情他们，说道："不，请告诉我你们为何悲伤。我愿意用所有财产拯救你们。"

最终他们说道:"先生,要是你没有遇到我们,你也会像我们一样。"

"怎么会这样呢?"小伙子问道。

"我们曾经都是富商,就像你一样,"两人说道,"去了提夫利斯后,我们听说国王有一个女儿,被称为世界第一美人。我们希望看一看她,但从玻璃后观看她需要每人交四十金币。我们爱上了她,花光了所有财富,只是为了一次又一次地凝视她。因此,我们挥霍了八十头骆驼能够驮的商品,而现在,我们变得如此贫穷,没人在乎我们。"

小伙子给了他们一把金币,第二天,他带着骆驼前往提夫利斯。他交了四十枚金币,从玻璃后看见了世界第一美人,之后还为此花光了自己所有的财产。回到巴格达后,他变得一贫如洗,并告诉了母亲自己的不幸遭遇。母亲责骂他违抗了父亲的命令,但小伙子流着泪保证,如果母亲从密室中拿出一些珍宝,他可以借此谋生并维护父亲的名誉,再也不去提夫利斯。母亲给了他一个空钱包,说道:

"你今天在钱包里放四十块铜,明天它们就会变成四十块黄金。三年后,放入钱包的黄金会变成铜。也就是说,这个法宝每三年就会变化一次。"

"这很好,"小伙子想,"我现在不需要工作,也有取之不尽、用之不竭的收入。"

他很快忘记了对母亲的保证，跟着商队去了提夫利斯。他每天都花四十枚金币去看世界第一美人，但他的钱并没有用尽。少女很惊讶，邀请他参加宴会，想要将他洗劫一空。

"啊！我非常爱你，"狡猾的少女对他说，"只要你告诉我财富的秘诀，我肯定嫁给你。"

单纯的青年多么容易被狡猾的女人欺骗呀！小伙子掉入了陷阱，向她展示了魔法钱包。少女用酒将他灌醉，拿走钱包并驱逐了他。小伙子回到母亲那里，哀叹自己的损失。他流着泪保证不再去提夫利斯，只要她从父亲的密室中拿出其他法宝，让他可以谋生。母亲心软，经不起儿子的再三恳求，就从密室中拿来一顶帽子，说道：

"这是一顶魔力帽。只要戴上帽子，你就可以隐身，不被其他人看到。"

这太适合小伙子了。他一拿到帽子，就忘记了对母亲的郑重承诺，直接前往提夫利斯，进入少女的居所，尽情地注视着少女。少女和其他人察觉到屋里有人，尽管多次尝试却还是见不到人影。一天，少女想到可能是巴格达的青年在搞鬼，就呼唤了他的名字，并说道："现身吧，我会嫁给你的。"

小伙子摘下帽子，出现在少女面前。

"天哪，亲爱的，"狡猾的少女说道，"我一直渴望你的爱。自从你离开后，我只想着你，如果你告诉我你的秘密，我会嫁给你。"

小伙子被她的花言巧语所哄骗，告诉了她帽子的秘密。少女为小伙子举行了一场宴会，端给他毒酒，从他身上取下帽子后将他驱逐了出去。小伙子一路乞讨着回到巴格达。他没有直接去找母亲，而是恳求亲朋好友的劝解。在他们的劝解下，母亲与儿子和好了。小伙子恳求母亲再从密室中拿出法宝。

"只剩这一个法宝了。"她说道，"如果你把这个也弄丢的话，我们将会成为乞丐，吃不饱饭，穿不上衣服。"

她给了儿子一个号角，让他吹响。小伙子吹响后，呀，山地和平原上站满了士兵！

"现在，"母亲说道，"试着吹另一端。"

小伙子照做了，呀，百万人军不见了！

"妈妈，"小伙子说道，"让我去和敌人作战，把我失去的一切带回来。"

于是，小伙子又出发了。一抵达提夫利斯，他就站在城市附近的山顶上，吹响了号角。转眼之间，提夫利斯就被大军包围，士兵多到连站的地方都没有。这引起了巨大的恐慌，所有人都恐惧万分。国王派使者来到小伙子这里，问他想要什么。

"战争！战争！"小伙子大叫，"你以为我是谁？"

他们认出了小伙子，知道他是来自巴格达的青年。国王随即叫来女儿，说："是你引起了这场祸端。在我们的国家灭亡前，你去见小伙子，平息他的怒火。"

少女派使者前往小伙子的住所，说道："我的爱人，我会来找你，我们直接去教堂成婚，随后回家。但亲爱的，请先驱散你的军队，我再来找你。"

消息传达后不久，少女就出现了。小伙子从另一端吹响号角，军队马上消失了。少女走向小伙子，为之前的事道歉，并用尽了她的甜言蜜语。她还带来了国王同意他们成婚的一封信。小伙子告诉了少女号角的秘密，但没把号角交给她。

"好吧，"少女说道，"把号角放到你的行李箱中，密封并锁上，我们再把它送回家。带着号角是不能去教堂的，这是一种罪过。婚礼结束后，我们再回家检查行李箱的密封情况，并将其打开。没有人会偷你的号角。"

小伙子同意了，把号角放在箱子中，密封好后送到少女的房子。他们到达教堂门口时，少女突然叫道："哦，天哪！我忘了亲吻父母的手。我先去和他们告别，之后再来参加婚礼。"

小伙子相信了她，让她走了。回到家后，少女命令仆人拆掉行李箱。她拿出号角，派人羞辱了小伙子并将他驱逐出去。小伙子不知所措。他对见母亲不再抱有希望，也无颜面对亲人。小伙子一度四处游荡，最后决定出海。

他想："让我去世界的尽头，到一个无名的国家吧，那里没人能认出我。"

于是，小伙子到船上做工。他们起航后不久，海上就刮起了一阵大风，船沉没了。小伙子因抓住一块木板而得救，并漂流到一个荒无人烟的小岛，靠吃那里的野果为生。有一天，他看到两棵相邻的苹果树，其中一棵的果实很普通，另一棵的果实却像人的脑袋一样大，看起来非常诱人。

"多么美味的果实！"小伙子想吃一个大苹果。刚咬了一口，呀，他变成了一只有着尾巴和长耳朵的驴！作为四足动物，他在周围吃草，并度过了一段时间。只有他知道自己曾经是人，只是不幸变成了驴。一天，在两棵苹果树附近吃草时，他吃了一棵树上掉落的小苹果，竟然又变回了人。

"这太奇妙了，"小伙子想，"我可以充分利用这些神奇的水果。"

他捡了很多苹果。一天，他看到一艘船在远处航行，就发出信号，船驶向了小岛。小伙子带着两种苹果上船了。水手可怜他，分文不取地将他带回了提夫利斯。小伙子装扮成小贩，在公主家附近卖大苹果。少女被苹果的外观吸引，花了二十块黄金买下两个大苹果。吃了几片苹果后，她和四十名侍女都变成了驴，走到院中嘶叫。据说原先的第一美人变成的驴也是风姿绰约的。国王与手下前来，看到发生的事，又震惊又悲痛不已。这时，小伙子打扮成医生，自称卡拉博博。国王的手下召集了国内所有的医生，却没有疗效。最后，他们对国王说，还有一位外国医生，叫卡拉博博。

"把他带到这里。"国王下令道。

那时，所有的秘术师都聚集在国王的宫殿中。牧师、僧侣、占星师、法师、女巫、男巫、降神者、鸟类咒法家、老鼠咒法家、蛇咒法家及各类预言家，不论男女老少，都聚集在那里施展法术，但没有一人能救回公主。他们一致认为，这是上天对专制的世界第一美人的残忍的惩罚。就在这时，卡拉博博医生进来，对国王说道："我可以将这些驴再次变为人，但你要答应我两个条件。首先，你得将女儿嫁给我；其次，你得给我想要的一切。"

"我同意。"国王答应道。

国王和贵族们起草了一份协议，并签字盖章。小伙子拿了协议放入口袋，说道："首先，我要你带来八十头骆驼的商品，那是你女儿从两个商人那里偷走的。"

国王下达了命令，这些商品被带来了。

"现在，"小伙子补充道，"带来从巴格达青年那里拿走的四十骆驼商品。还有他的魔术钱包、帽子和号角，以及过去几年从魔术钱包中取出的金币（每天四十枚）。"

国王和贵族看到他了解之前的一切，十分惊讶，但根据协议，他们只能满足小伙子的要求。国王恳求他放弃钱包里的黄金，因为国库无法补足这么大一笔钱。但卡拉博博医生不为所动。若有需要，他随时准备用号角召集军队。他从袋中掏出小苹果，喂给每头驴一块，它们就变回了人类。之后，他揭晓了自己的身份。小伙子带着少女和所有财产，启程前往巴格达。他吹响号角，一支庞大的军队陪同着他。于是，小伙子以王子般的阵容回到厄泽勒姆，他在那里找到了之前的两名商人，将财产交还给他们。随后，他带着大部队进入巴格达，对前来迎接的母亲说道：

"母亲，这是我的所有财产，这位就是如此折磨你儿子的少女。在学会如何对待她之前，我不得不受折磨，她在停止骗人前，也有必要受点折磨。她现在已经改过自新，并保证要做一个顺从的儿媳妇。"

随后，少女亲吻了这位老妇人的双手，以示对她的顺从。他们举行了四十天四十夜的婚礼。

萨尔曼和罗斯通

萨尔曼是个强壮有力的人，他像山一样雄壮，像巨人一样强大，是一个可怕的暴君。他活在世上的一个角落，但他的名字在世界各地都能引发恐慌。他有一匹闪电马，他的手臂坚硬如铁。他袭击人们的居所，并向他们索要贡品。没有人可以拒绝，否则他会大开杀戒。在地球的其他地方，还有一个叫查尔的强盗，他的儿子叫罗斯通。罗斯通是位巨人，像山一样雄壮，以其非凡的力量和英勇而闻名。只有查尔没有向萨尔曼纳贡。

一天，查尔骑马出发，说道："让我去看看萨尔曼是个什么样的人。"

经过漫长的征途后，他遇到了一个巨人，骑着闪电马。巨人的长矛像男人的腰一样粗。查尔并不知道这就是萨尔曼，但还是准备了战斗的长矛。令他惊讶的是，那名骑士策马经过，连看都没看自己。查尔被激怒了，将长矛投向骑士。萨尔曼转身抓住了查尔，并将他绑在马肚下，一路疾驰，直到抵达汩汩泉水旁的帐篷。萨尔曼下马，将查尔的耳朵钉在帐篷的横梁上，就躺下睡觉了。查尔怒不可遏，咬牙切齿地对自己说道："他连一句话都没有对我说，也没告诉我他的名字。真希望我能知道他是谁。"

萨尔曼很快醒来，问道："你是谁?"

"我来自查尔的国家。"查尔回答。他太过害怕，没有表明自己就是查尔。

"啊!"萨尔曼叫道，松开了查尔的耳朵，"为什么你之前不告诉我? 去告诉查尔的儿子罗斯通，来这里用剑和我较量。世上不可能有两个力量相同的人。人们必须知道谁才是更强大的王者。我是萨尔曼。"

查尔回到家，深深地叹了口气。罗斯通听到他叹气后说道："父亲，怎么了? 您是查尔，我是罗斯通，您的儿子，可您却在叹气! 您必须告诉我为何悲伤。"

查尔告诉了他自己与萨尔曼的会面，以及萨尔曼对罗斯通的挑战。罗斯通带着表弟维扬，两人扮成朝圣者。罗斯通亲吻了他的白蹄爱马的双眼，对父亲说道：

"当我遇到麻烦时，我的马能感受到，它会用马蹄不住地磨地。到时，你就将我的武器绑在马背上，松开它，它会来找我的。"

陪伴罗斯通踏上征途的维扬并非凡人。他拥有美妙的嗓音。如果他在东方哭了，他的哭声能传到西方。经过长途跋涉后，罗斯通和维扬来到一个城市，并在镇外的草地上扎营。罗斯通还在熟睡时，维扬突然听到城里的喧哗声，就前去查探缘由。一些人像惊鹿般逃跑，一些人在撕扯头发，一些人在捶打胸膛，所有人都在哭泣哀号。

"怎么了，怎么了？"维扬问道。

"萨尔曼来了，要求我们缴纳拖欠七年的贡金。"人们回答道。

很快他们就收齐了款项，但出现了一个问题，应该让谁去送贡金，因为萨尔曼会杀死带来贡金的人。

"把贡金交给我，我去送。"维扬说。

很快，罗斯通在睡梦中听到维扬尖厉的声音："救命，罗斯通！萨尔曼带走了我。"

罗斯通起身，从人们那里了解了情况。呀，他的白蹄马正站在面前！罗斯通立即跳上马背，疾驰到萨尔曼的帐篷。萨尔曼将维扬的耳朵钉在帐篷梁上，出来见罗斯通。史上最可怕的决斗就在那儿进行。弓箭、长矛和剑化为碎片。最终，他们彼此靠近，抓住对方，头发也互相纠缠。

直到现在，他们还没有征服对方，但双方仍在努力。他们不时地拉扯对抗，导致地球颤动，这就是人们所说的地震。维扬的声音仍从远处传来。

麻雀和两兄妹

瓦特是一个六岁大的男孩，他的妹妹瓦图希只有五岁。在母亲瓦特尼去世后，父亲瓦坦娶了一个新的妻子，她有一个四岁大的孩子。瓦坦是一个富裕的农民，他爱孩子，常给他们买漂亮的衣服、美味的食物、漂亮的玩具和其他礼物。瓦特的继母是一个邪恶的女人，不喜欢这两个孩子，希望除掉他们，让自己的孩子获得一切。为了达到卑鄙的目的，她悄悄把丈夫要在田间播种的种子煮熟了。小麦没有发芽，因为没有收成，瓦坦不得不借钱来支付他的账单。第二年，继母使用了同样的奸诈手段，使得瓦坦负债累累。这个可怜的人放弃了对农场的指望，前往其他国家挣钱。这正是邪恶的继母所希望的。她把肉和馅饼给自己的儿子吃，却只给两兄妹一把煮熟的小麦。一天，她决定带瓦特和瓦图希到河里去洗澡，想要淹死他们。两个无辜的孩子拿了一小撮煮好的小麦，在院子的角落里吃。他们看到一只麻雀在周围跳来跳去，喁啾欢叫。瓦特想用石头打死她，但瓦图希阻止了他。他们可怜地吃着饭，听着那只麻雀的叫声。突然，他们听懂了麻雀的言语。

"孩子，孩子！好孩子！"那只麻雀叫道，"给我一些粮食，我能喂给窝里的小鸟，并给你们一些忠告。"

两兄妹给麻雀撒了几粒谷物，麻雀飞回巢后又回来了，说道："孩子们，快跑！孩子们，快跑！今天继母会在河里淹死你们。快跑，孩子们，快跑！"

麻雀飞走后不久，继母来了，说道："起来，你们两个肮脏的小鬼！去河里，我给你们洗澡。"

"妈妈，你先去吧，我们一会儿就来。"两兄妹回答。

随后，在麻雀朋友的建议下，他们逃到了山上，并在森林里游荡到傍晚。夜幕降临后，他们躲进一棵老梧桐树的空心树干，重复着从死去的母亲那里学到的祈祷，互相拥抱着睡觉。拂晓时分，忠实的麻雀来了，两兄妹醒来后听见她叫道："孩子们，好孩子们，过来吃饭。这里有煮好的小麦。"

两人立即起身，追着那只麻雀跑去，麻雀指引他们来到一位老妇人那里，老妇人将一大桶煮好的小麦倒在树下，走开了。许多麻雀聚集在那里，两兄妹和麻雀们吃了起来。这位好心的老妇人常把小麦倒在树下，以此来纪念自己的孩子和孙辈们，他们在年轻时就去世了，但老妇深爱着他们。她相信这些小鸟是她逝世孩子的灵魂。于是，两兄妹与麻雀一起生活了很长时间。

一天，国王在森林中打猎时，遇到了瓦特和瓦图希，并将他们带回了宫殿。国王十分喜爱他们，收养其为儿子和女儿。两兄妹是如此可爱友善，宫殿里的所有人都喜爱他们。瓦特和瓦图希却并不开心。

"怎么了，我的孩子们？"国王问道，"你们为何悲伤？"

"我们想见亲爱的爸爸。"瓦特回答。

"我们想见麻雀。"瓦图希补充道。

国王派人去寻找他们的父亲瓦坦，并将他带回了家。瓦坦惩罚了邪恶的妻子，紧紧拥抱孩子们。国王任命他为宫殿的信使。但谁能找到麻雀呢？一天，麻雀自己飞来，落在两兄妹的窗户上，叫道："受祝福的两兄妹，你们同情我的孩子，给我粮食。瞧！上天赐予了你们很多奖赏。愿你们永享庇护和幸福。"

国王喜爱麻雀，允许她在宫殿的屋檐下筑巢。如今在屋檐下筑巢的所有麻雀都是那只麻雀的后代。让我们善待麻雀，他们或许也会带来祝福。

老妇人和猫

很久以前，有一位老妇人，她有一头山羊。老妇人每天都给山羊挤奶，把羊奶放在柜子里，但狡猾的猫总会进来舔光羊奶。一天，老妇人成功地抓住了猫，砍掉她的尾巴以示惩罚，并放走了她。

"喵！喵！"猫喊道，"把尾巴还给我！"

"还我羊奶，我就给你尾巴。"老妇人说道。

猫走到山羊那里，说道："山羊，善良的山羊，给我些羊奶吧！我要还给老妇人，好拿回我的尾巴。"

"从那棵树上拿些树枝给我，我就给你羊奶。"山羊回答道。

猫来到树旁，恳求道："哦，善良的树，请给我一些树枝！我把树枝拿给山羊，得到羊奶后再交给老妇人，就能拿回我的尾巴。"

"给我一些水，我就给你树枝。"树回答道。

猫来到挑水人那里，恳求道："善良的挑水人，请给我一些水！我把水拿到树那里，得到树枝后拿给山羊，得到羊奶后拿给老妇人，就能拿回我的尾巴。"

"给我一双鞋，我就给你水。"挑水人说道。

猫又去找鞋匠，恳求道："鞋匠，善良的鞋匠，请给我一双鞋！我把鞋拿给挑水人，他会给我一些水。我把水带给树，得到树枝后拿给山羊，她会给我一些羊奶。我把羊奶还给老妇人，就能拿回我的尾巴。"

"给我一个鸡蛋，我就给你一双鞋。"鞋匠说道。

猫来到母鸡那里，恳求道："母鸡，善良的母鸡，请给我一个鸡蛋！我把鸡蛋拿给鞋匠，得到一双鞋后拿给挑水人，他会给我一些水。我把水带给树，得到树枝后拿给山羊，她会给我一些羊奶。我把羊奶带给老妇人，就能拿回我的尾巴。"

"给我一些大麦，我就给你一个鸡蛋。"母鸡回答。

猫来到打谷场，恳求道："打谷场，善良的打谷场，请给我一些大麦！"

打谷场说道："你可以收集洒落的大麦，那是我的主人喂给小鸟和蚂蚁的食物。"

猫收集了洒落的大麦，带到母鸡那里，母鸡下了一个蛋。猫把鸡蛋拿给鞋匠，得到了一双鞋，再把鞋拿给挑水人，得到了一桶水。树得到水后，给了她一些树枝，她又把树枝带给山羊。山羊给了她一些羊奶，最后，猫将羊奶给了老妇人。

"这是你的尾巴，"老妇人说道，"以后要小心，别偷喝我的羊奶。"

猫拿回了尾巴，试图将其粘在原来的位置，却没有成功。她反复尝试用树脂、焦油和胶水将其粘住，却毫无效果。直到今天，这只猫还是没有尾巴，作为曾当过小偷的惩罚。

这个故事告诉我们，罪犯终将受到惩罚。不劳则无获，罪行的痕迹也无法抹去。

西曼托和古洁儿

西曼托恰好在梦中
见到古洁儿；他们似乎
正在订婚，并交换戒指。
古洁儿做了同样的梦
就在同一晚。西曼托早早
就起床，骑上骏马——
火红昂扬，迅如闪电的坐骑，
飞驰到心上人的部落。
一位老妇人在帐篷接待了他。
呀，鼓正敲，号正吹！
"什么日子，因何欢乐?"
他询问老妇人。
"哦，孩子，那是古洁儿的婚礼，"
她回答，"远方的新郎
前来接新娘回家。
这是婚礼的第三天。"

西曼托流泪说道：

"我和她已互换信物。"

他从手上拿下梦中

与古洁儿交换的戒指。

老妇人拿出彩色方巾，

放入葡萄干和戒指。

随后，她去祝福新娘。

可爱的姑娘收了礼物。

她指甲鲜红，搅动着葡萄干。呀，其中竟有

梦中未婚夫的戒指！

她一眼就认了出来，深深叹息，

脸色苍白，眼睛发黑，似要昏厥。

老妇人扶住她，悲哀地叫道：

"天哪，古洁儿！但愿我失明，

看不到这个景象！你为何痛苦？

亲爱的，你怎么了？张开你的眼睛和嘴唇！

告诉我，你看到了什么？是什么让你如此难过？"

同情的声音，温暖的抚摸，

唤醒了古洁儿。她虚弱地说：

"阿姨，我恳求你，告诉我

戒指的主人在哪里。"

"那位客人在我的帐篷里。"老妇人回答。

古洁儿叹着气道："看哪，婚礼已进行了三天，明天就是成婚的最后一日。

告诉西曼托，只有一次机会，

明天早上，我会前往母亲的坟墓，

孤身前去哭泣，告别她的尸骨。

他能在那里找到我，告诉他。"

老妇人向西曼托讲述了这一切。

那夜漫长，西曼托难以入睡。

黎明前，他起身，马上赶到那里。

在寂静的教堂边，睡意袭来。

他裹好斗篷，酣然入睡。

古洁儿很快就来了。呀，他睡着了！

她伫立了很久，凝视着他，

惋惜着，却没有碰他。

他睡得正香，

发出响亮的鼾声，而她伫立在旁。

她在心中责怪他，

她从口袋里拿出两块金色大理石，

放在他的口袋里，随即回家。

正午时分，西曼托才醒来。

他环顾四周，敲打自己的脑袋，

再次来到友好的老妇人那里。

他心碎不已，悲痛地说：

"阿姨，我去了坟墓。她并不在那里。

我睡着了，醒来后只我孤身一人。"

"啊！"老妇人道，"这不是信物吗？

看你的口袋！"他看了看，呀，

一对金色大理石！

"这个，"老妇人道，"是古洁儿的信物。"

"但这是什么意思？"他问道。

"这表示，"老妇人道，

"你还只是一个男孩，不够成熟。和男孩们一起玩吧，

这对你来说太难了。"

西曼托羞愧地脸红了。

他哭着恳求老妇人："阿姨，请你再去一次，

看在上天的分上，让她给我最后的消息。

无论她说什么，我都会照做。"

老妇人带来了古洁儿的话：

"明天是成婚的最后一天，

游行之日。那时

新郎和他的人会来迎接我。

如果西曼托是男人，知道如何去爱，

让他那时骑马再来，

从头到脚，全副武装，

带我走。我们去亚拉腊山，在浓雾遮盖之处

劳作相爱。"

第二天早上，迎亲队伍出发时，

新郎和四十位骑手

全副武装，接新娘回家。

突然，西曼托闪电般降临，

抢过新娘，让她坐上马，

飞驰离开，胜过猎食的老鹰，

这一跑就是三天。

追赶的人同样飞驰而来。

坐在灰色骏马上的骑手穷追不舍。

"他是谁?"西曼托问道，

"冒着生命危险穷追不舍?"

她答道："正是他，你掠夺了他的未婚妻，

他深爱的少女。不要怪他，亲爱的，

他的心破碎，充满愤怒。"

西曼托放下古洁儿，

为她盖上斗篷，让她在一边休息。

随即翻身上马，拿好弓箭和剑，

愤怒地袭击追赶者，

杀死了四十个骑手和他们的马。

随后他带着古洁儿

来到浓雾掩盖的亚拉腊山。

他的头枕在少女柔软的膝上，陷入沉睡。

不久，西曼托突然惊醒，古洁儿的热泪滴落

在他脸上，他从睡眠中醒来。

"怎么了，亲爱的?"他说，"你看到了什么?
告诉我，为何哭泣颤抖呢?"
"在这荒凉之处，我看到了一个奇迹。
四十头公牛来泉边饮水，
还有一头母牛。
公牛间发生了一场可怕的决斗，
灰牛夺得了胜利，带走了母牛。
这让我想到
我们自身的情形——死了四十位骑手——
太过激动，就哭了。"
他起身，拿好弓箭，
追赶那头灰牛，并射中了它，
灰牛倒下，在地上滚动。他冲上前，
试图用匕首割喉，
但灰牛疯狂吼叫着，用头上的角
将他顶下悬崖。
西曼托跌落在锋利的树干上，
胸部刺穿长达四拃多，
他吊在半空中，动弹不得。
古洁儿远远地跟在其后，
来到悬崖上，注视周围，
看到哀号的野牛，
听到西曼托的悲痛呻吟。

她找到弓箭，捡了起来，俯身在悬崖边，

发现了西曼托的所在。

她撕扯头发，放声大哭：

"哦，西曼托，你竟在如此低的地方？

你的弓箭是纯银的，

无须追捕野牛。

哦，不要呻吟，西曼托，不要这样呻吟！"

"我的古洁儿，"他从下方叫道，

"不要哭！你的哭声令我更加痛苦

比我的伤更甚。"

"但你在呻吟，

我的西曼托，我怎能不哭？

你的呻吟刺痛我的心，令我流泪。

亚拉腊山上有一场大风暴。

亲爱的，这是你的弓箭。

我向你祈求时，你没有倾听。

'不，放下你的弓箭，'我说。

'不要追捕野牛，它也有伴侣。

让它们像我们一样，相依为命。'

哦，那头可怕残忍的野牛，

你的角是如此坚硬，可怕的野牛

竟令亚拉腊山的恋人分离。

亚拉腊山山顶被薄雾笼罩；

金色少女：亚美尼亚民间故事

西曼托的弓箭像珍珠一样发光。

唉！谁曾听过

猎物杀死猎人？哦，我的爱人，

我告诉过你：'西曼托，别去，

让野牛追寻自己的爱。

你要消遣，我就已足够。

哦，别去，不要去！'

谁能知道？

或许这是上天注定的。

上天的意志凡人无法更改。

亚拉腊山丛林茂密，

其风暴寒冷又致命。

哦，西曼托！现在告诉我

靠近你的方法，让我可以

再次抱你入怀，与你同生共死。

哦，来些人用铲子和锹

松动土石，将西曼托和他的爱人

埋在这里！"

她闭上眼睛，纵身跳下，

落在她的爱人身上，只说了一句话——

"我的西曼托！"他应和道——

"我的古洁儿！"随后，两人就气绝而亡。

之后是一片沉默！他们死在彼此的怀抱中。

在春天，人们仍能看到两朵
完全一样的花朵，
两只蝴蝶停留其上。
它们代表不幸丧生在
亚拉腊山的两位恋人。

图书在版编目（CIP）数据

金色少女：亚美尼亚民间故事 / 郭国良主编；倪
雪琪选译. — 杭州：浙江大学出版社，2020.8
（丝路夜谭）
ISBN 978-7-308-20353-1

Ⅰ.①金… Ⅱ.①郭… ②倪… Ⅲ.①民间故
事-作品集-亚美尼亚 Ⅳ.①I369.73

中国版本图书馆CIP数据核字（2020）第119212号

金色少女：亚美尼亚民间故事

郭国良 主编

倪雪琪 选译

出 品 人 褚超孚
总 编 辑 袁亚春
策 划 张 琛 包灵灵
责任编辑 黄静芬
责任校对 陆雅娟
封面设计 周 灵
出版发行 浙江大学出版社
（杭州市天目山路148号 邮政编码310007）
（网址：http://www.zjupress.com）
排 版 杭州兴邦电子印务有限公司
印 刷 浙江省邮电印刷股份有限公司
开 本 889mm×1194mm 1/32
印 张 7.25
字 数 128千
版 印 次 2020年8月第1版 2020年8月第1次印刷
书 号 ISBN 978-7-308-20353-1
定 价 28.00元